Riley,
eine Entscheidung fürs Leben

Ein Roman

von

Anja Rosok

Erstmalig erschien der Roman im Juli 2011
im Noel-Verlag/Oberhausen/Oberbayern.
Die überarbeitete Neuauflage mit vielen weiteren Bildern
steht ab Oktober 2018 wieder allen Leserinnen und Lesern
zur Verfügung.

Viel Vergnügen bei dieser Reise.

Riley,

eine Entscheidung fürs Leben

Ein Roman

von

Anja Rosok

FSC
www.fsc.org
MIX
Papier aus ver-
antwortungsvollen
Quellen
Paper from
responsible sources
FSC® C105338

Bibliografische Information der Deutschen
Nationalbibliothek: Die Deutsche Nationalbibliothek
verzeichnet diese Publikation in der deutschen
Nationalbibliographie; detaillierte Daten sind im Internet
über http://dnb.dnb.de abrufbar.

2. Auflage, Oktober 2018

Herstellung und Verlag:

BoD - Books on Demand, Norderstedt

ISBN: 978-3-7481-3322-3

auch als *e-book* erhältlich

Was ist schon Zeit?

Irgendwo nordöstlich von Alice Springs

„Joshua, steh auf! Es wird Zeit."

„Dad, es ist Sonnabend. Die Schule sieht mich heute bestimmt nicht!" Ich drehte mich wieder um und brummelte in mein Kissen.

„Joshua, raff dich auf. Onemah hat uns gebeten, ihm bei seiner Herde zu helfen."

„Onemah?" Das ließ ich mir nicht zweimal sagen und dachte an Nungen, Onemahs Sohn. Ich sprang aus dem Bett, schlüpfte in die zerknautschte Jeans und das alte T-Shirt. Dann nahm ich immer zwei Stufen gleichzeitig die Treppe hinunter.

„Gewaschen, Junge?"

„Nicht nötig, oder meinst du, es stört die Schafe? Wir sind doch unter uns."

Schon saßen wir im Pickup und fuhren durch das gekippte Gatter.

Ich lebte mit meinem Vater auf einer kleinen Farm abseits des Highways, irgendwo nordöstlich von Alice Springs, in der Nähe eines kleinen Dorfes. Wir züchteten Schafe und waren froh darüber, dass unsere Farm sowohl mit Weidegras, als auch mit ein paar Bäumen gesegnet war. Später sollte ich mal weiter nördlich in Darwin studieren und mich unter das Volk mischen, das selbst von der Herkunft her schon so gemischt war. Aber mir gefiel es hier, wo wir lebten. Begrenzt war unser Grund durch eine kleine Gebirgskette, eher eine Hügellandschaft, die mit dem Ayers Rock nicht zu vergleichen ist. Und trotzdem war sie für mich immer schon die Miniaturausgabe dieses schattenspendenden Uluru, wie die Einheimischen ihn nannten. Nur selten verirrten sich Touristen auf unsere Farm. Der Hof war - einmal vom Highway abgebogen - nur über lange verzweigte Sandwege hinter einer kleinen Waldgruppe zu entdecken.

Es war noch früh, aber die Sonne kroch schon hinter dem Horizont hervor. Die warmen Strahlen vermischten sich mit den Rottönen der Erde und deuteten bereits auf den Beginn der Hitzemonate hin, die nun vor uns lagen. Die Zeit der Niederschläge und der kühleren Tage war vorbei.

Der Pickup rollte über den Sand und bahnte sich seinen Weg aus dem Hinterland heraus zum Stuart. Je offener das Gelände wurde, desto trockener wurde der Boden.

Dad fuhr mit mir die asphaltierte Straße entlang und bog dann vom Stuart Highway nach Westen wieder auf sandige Wege ab. Für jemanden, der hier fremd war, sah die unendliche Weite in sich gleich aus. Aber mein Vater und ich kannten jeden Stein, jeden Strauch und jede Unebenheit im Boden. So oft waren wir schon zu Onemah gefahren und er zu uns.

„Hey, da seid ihr ja!" Im Hintergrund heulte ein Dingo, den Onemah zum Schutz auf seinem Hof hielt.

„Entschuldige, Onemah, aber er wollte erst nicht aufstehen. Sind wir viel zu spät?"

„Lenk, was ist schon Zeit? Wenn dein Sohn das Glück hatte aufzuwachen und bei uns als Mensch weiterleben darf …"

Australiens Gefahr, über Nacht von einem giftigen Tier gebissen oder in der Wildnis von einem Tier getötet zu werden, lag in diesen Worten. Onemah machte uns wieder einmal klar, wie unwichtig alles sein kann.

Mit einer speziellen Handabschlagkombination begrüßte er zuerst mich: „Na, ein bisschen strubbelig heute!" Dabei wuschelte er mir mit seiner dunklen Hand durch meine blonden Haare. Danach schlug er meinem Vater freundschaftlich auf die Schulter.

„Hab´ den Jungs Bescheid gesagt. Sie sind schon im Stall."

„Im Stall?!", dachte ich und blickte auf die Wellblechhütte hinter Onemah, die wie durch ein Wunder von dem letzten Wirbelsturm verschont geblieben worden war.

„Komm, Junge!" Bestimmend schob er mich vorwärts.

Onemah war noch einer der echten Aborigines, zumindest, was das Aussehen anging. Seine schokoladenbraune Haut und sein gegerbtes Gesicht verliehen ihm das typische Äußere. Sein gekräuseltes, schwarzes Haar, das schon von einigen grauen Härchen durchzogen war, hatte er mit einer dünnen Schnur aus Naturfasern oberhalb der Stirn abgebunden. Der zottelige Vollbart wucherte wild und war nur unter der breiten Nase, die wie die eines Sportboxers aussah, ordentlich gestutzt. Seine Augen wirkten klein unter den wulstigen Augenbrauen, lächelten uns aber freundlich an.

Aus dem Stall stürmte Nungen. Er trug das gleiche ockerfarbene Hemd aus Cordstoff wie sein Vater. Bis auf den Bart war er ihm wie aus dem Gesicht geschnitten. Nur, dass seine Haut glatter war.

„Hi, Josh, hau rein! Hast du gefrühstückt?"

Mein Magen knurrte. „Geht schon." Schnell hielt ich mir den Bauch, um das Grummeln zu unterdrücken. „Später vielleicht. Ich halt´s noch aus."

„Gut, dann wollen wir mal! Hab gestern mit Dad die Zäune kontrolliert. Alles okay."

„Das Gras muss saftig grün sein, durch den Regen der letzten Tage."

„Welches Gras? Die Büschel? Aber es wird für einige Zeit reichen, die Viecher satt zu kriegen."

Schon betraten wir den Stall. Unsere Unterhaltung erstarb, sonst hätten wir uns anschreien müssen, so laut blökten die Wollträger.

Die meisten Einheimischen züchteten Schafe im südlichen Teil des fünften Kontinents. Trotz der harten Arbeit hatten sich die beiden Farmer mit ihren Herden hier angesiedelt. Sie starteten vor sieben Jahren fast gleichzeitig dieses Pilotprojekt. Es war Lenk und Onemah zu verdanken, dass sich mittlerweile in kleinen Schritten eine Freundschaft entwickelte, die die gewaltsamen Konflikte zwischen den europäischen Siedlern und den Ureinwohnern in diesem Gebiet verringerte. Die Aborigines wurden langsam europäischer und die Siedler profitierten von den Erfahrungen der Ureinwohner.

Es war bereits Mittag geworden.
Die Schafe waren geschoren und ein Mädchen mit krausem Bubikopf brachte Brot und Suppe.
„Frühstück!", entfuhr es mir und als ich aufblickte, erstarrte ich sofort. „Warum hast du mir nicht gesagt, dass deine Cousine da ist?"
Hektisch strich ich mir durchs Haar und wischte nervös über die Stirn.
„Hätte das was geändert? Du wirst ja rot, Mann!"
„Vom Arbeiten. Du siehst, dass ich schwitze?"
Schon schob ich den Arm vors Gesicht und schnüffelte unbemerkt unter den Achseln. Nur leicht verzog ich die Nase.

Dujah war älter geworden. Hübsch schlug ihr Kleid eine Welle vor der Brust. Ihre dunkle Haut schimmerte durch den Stoff. Die Taille hatte ihr Aussehen verändert. Sie lächelte mir zu. Konnte sie Gedanken lesen?

Sofort senkte ich den Blick auf meine staubigen Schuhe. Verlegen versuchte ich, das Schwarze unter den Fingernägeln zu entfernen.

„Lass nur. Es steht für das Element Erde. Wie geht es dir, Josh? Schön, dich wiederzusehen." Sie kam direkt auf mich zu.

„Gut!", brachte ich heraus, griff in den Korb und biss sofort eine Ecke des Brotes ab.

„Schwirr ab, Dujah! Lass ihn essen. Er hat noch nicht gefrühstückt!"

Sie warf Nungen einen bösen Blick zu und verschwand. „Sie gefällt dir, was?"

Im Reflex zog ich die Schultern hoch und kaute weiter. „Du ihr auch. Sie hat ständig nach dir gefragt. Immer wenn sie mit uns telefonierte, wollte sie wissen, was du machst. Ich hab ihr natürlich deine lieben Grüße ausgerichtet!"

„Was", rief ich und spuckte dabei Brotkrümel.

„Klar, kann mir keinen besseren Verwandten vorstellen. Wird ´ne coole Hochzeit!", lachte er und schlug mir auf den Rücken.

Ich war nicht sicher, ob ich deshalb hustete oder schon vorher gehustet hatte und jetzt dankbar über diesen Schlag ins Kreuz war.

Der Fund

Nachdem wir gegessen hatten, trieben wir die Schafe unter der Mittagsonne zur Weide.

Das Gatter stand auf.

„Peach, hiergeblieben!" Obwohl Nungen schrie, rannte der pfirsichbraune Hund los. Am Ende der Koppel preschte er in eine Handvoll wildlebender Dingos und trieb sie auseinander. Die Schwänze eingekniffen wichen sie erst zurück, stellten sofort die Haare auf und wollten auf den Einzelkämpfer losstürmen. Als sie die Männer laut tosend heranrücken sahen, versuchten sie jedoch, einen Fluchtweg am Zaun zu finden.

„Joshua, hier herüber!", schrie mein Dad.

„Jungs, treibt die Schafe in die Ecke. Die Hunde reißen uns sonst alles nieder", schrie ein anderer.

„Ihr müsst ausweichen! Wir scheuchen die Biester von hinten durchs offene Gatter."

„Seht zu, dass die Schafe ruhig bleiben", ergänzte Onemah.

„Leichter gesagt, als getan! Unsere Daddies haben gut reden." Ich tippte mir an die Stirn und zwinkerte Nungen zu. Aber wir taten, wie sie uns befohlen hatten.

Plötzlich wirbelte Nungen hektisch mit den Armen herum, als würde er einen angreifenden Basketballspieler blocken. „Josh, pass auf. Es büchst bei dir aus und rennt den Wildhunden direkt entgegen. Die nehmen sich einen Snack für unterwegs mit. Peach, los! Hierher!"

„Kein Problem, das hab ich voll im Griff! Und außerdem erkennen die Dingos gar nicht, dass dieses nackte Gerippe einst ein Schaf gewesen ist. Bei dem Horror-Outfit ergreifen die von selbst die Flucht." Es ekelte mich ein wenig.

„Los!", befahl Nungen.

Ohne zu zögern warf ich mich auf das Tier und packte zu. Es war warm und so ungewöhnlich glatt, wenn man bedenkt, dass es sich um ein Wollschaf handelte. Obwohl sich die Haut des Tieres in Falten legte, konnte es mir nicht mehr entkommen.

Mittlerweile hatten die Männer die Wildhunde von der Koppel vertrieben und schlossen das Gatter.

„Was haben die hier gemacht und warum waren die so angriffslustig?"

„Hast du es nicht gesehen, Onemah? Sie hatten die Schnauzen blutig."

„Hier herüber!", rief einer der Aborigines und deutete auf ein dahingestrecktes Känguru. Ich setzte das zappelnde Gerippe ab und ging zu ihnen.

Im Halbkreis umzingelten sie ein totes Tier. Es war ein großes Tier. Es lag auf der Seite, die kräftigen Sprungbeine nach hinten gestreckt. Blutverschmiert war sein Hals. Rücken und Leib waren unversehrt. Lange konnte es noch nicht her sein, dass sie es so traktiert hatten. Mir wurde bei dem Anblick mulmig.

„So ein Mist." Lenk griff sich unter den Cowboy-Hut und kratzte sich das bisschen Haar, das er darunter verbarg. „Ob es krank war und jetzt deine Herde angesteckt hat?"

„Das glaube ich nicht. Es wollte meiner Herde das Gras wegfressen. Dieses Mistvieh. Da hat es sich wohl im Zaun verheddert. War für das Rudel leichte Beute. Gut so!", erklärte ihm sein Freund.

„Jouw, also haben WIR jetzt leicht Beute gemacht", rieb sich Nungen die Hände.

„Uah, bist du von allen guten Geistern verlassen?
Du reibst dir sogar noch den Wanst!" Zornig
schlug ich ihm vor den Bauch und stieß ihn
beiseite.

Das Tier lag da, unschuldig in seinem hellen Fell.
Hätte man nur die Hinterläufe und den langen
Schwanz gesehen, hätte man meinen können, es
schliefe.

„Wieso?", fragte Nungen, „was meinst du
eigentlich, wie wir unseren Festbraten nach
Hause schaffen, wenn du mit deinem Dad zum
Feiern kommst? So einfach kann es sein." Er
lachte, sah jedoch die Missachtung in meinen

Augen. „Mensch, Josh! Es wird Zeit, dass wir aus dir auch einen echten Mann machen. Du Wuieis. Das ist nötig. Sonst kriegst du Dujah nie. Auch wenn sie dir schon längst ihr Herz geschenkt hat." Er wich meinem Angriff aus und lachte weiter. „Wuieis, pah! Einen echten Mann?", schimpfte ich.

„Klar, der genau weiß, welches Tier zu ehren ist, welches zu essen und welches man sich untertan machen muss. Peach, pfui! Lass ihn das Blut nicht lecken, sonst wird er wild."

Ich umarmte Peachs Kopf und zog ihn behutsam aber bestimmend zu mir heran. Es tat gut, ihm das Fell hinter den Ohren zu kraulen.

„Josh, weißt du: vielleicht werde ich im November oder Dezember schon damit anfangen … wenn der Regen beginnt oder lieber nachlässt und die Natur so richtig aufblüht und es trotzdem extrem warm ist, auch nachts. Jetzt noch nicht. Bin noch nicht reif genug. Da staunst du, was?"

Ich staunte wirklich. Nicht darüber, dass mein Freund Nungen, obwohl er Jeans und Hemd trug, bald nach altem Aborigine-Ritual für ein paar Jahre halb nackt im Busch leben und lernen sollte, bis aus ihm ein echter Mann und kein

Wuieis werden würde, sondern viel mehr staunte ich über mich selbst. Schon oft hatten wir Kängurufleisch bei ihnen gegessen – seit Mum nicht mehr für uns kochte – aber nie darüber nachgedacht, wie und woher es kam. Auch hatte ich von der eigentlichen Zubereitung keine Ahnung, waren wir doch immer erst zeitig angekommen. Und drittens hatte sich die Familie von Onemah längst unseren Essgewohnheiten angepasst und das Fleisch auf Tellern serviert, was meine Mutter nie wahrhaben wollte.

Hier auf dem freien Feld wurde mir abermals bewusst, dass wir Einheimische, Ureinwohner dieses Kontinentes unsere Freunde nannten und es für sie eine Selbstverständlichkeit war, so zu handeln.

„Wollen mal sehen, ob dieses Tier noch eine Delikatesse ausbrütet." Onemah schritt auf den regungslosen Känguruleib zu und griff in den Beutel. „Tatsächlich! Sieh mal einer da!" Er zog mit seiner großen, dunklen Hand ein nacktes Etwas aus dem Sack.

Es hatte genau wie die Schafe kein Fell, war nicht größer als die Hand des Mannes und zappelte ein wenig. Die Jungen jubelten über den Fund und gratulierten ihm.

„Ach, Joshua, schau nicht so! Ich schenke es dir. Ich hoffe, du weißt diese Ehre zu schätzen. Das zarte Geschöpf ist dem Ältesten gegönnt und der bin ich."

Alle lachten über mein verwundertes Gesicht.

„Nun, nimm schon", forderte mich mein Vater auf.

„Aber …"

„Kein Aber!"

Unbemerkt flüsterte er mir zu: „Brauchst es ja nicht zu ..."

„Doch ein Wuieis?!", frotzelte Nungen.

Das ließ ich nicht auf mir sitzen. Mit klammen Händen nahm ich den kleinen Embryo entgegen. Er fühlte sich warm und weich an und zitterte nur etwas weniger als meine Finger. Sofort drückte ich ihn an meine Brust und formte schützend ein Dach über den Kleinen.

„Willst du dein Essen warmhalten?", lachten sie mich aus. Fragend blickte ich meinen Vater an und bekam nur ein Schulterzucken.

„Onemah? Sag: Hast du das ernst gemeint? Ich meine, gehört das Känguru-Baby jetzt mir?"

„Junge, es wird Zeit für dich." Onemah nickte mir zu und Nungen hauchte mir ein „Dujah" herüber.

„Natürlich gehört es dir. Oder meinst du, ich hole es mir zurück - gegen mein Wort?" Provozierend starrte er mich an. Weil ich schwieg, fuhr er fort: „Wir haben mit dem Großen hier genug. Für dich reicht der Zwerg." Wieder lachten alle.

Er schulterte das tote Tier und trat, gefolgt von den anderen, den Rückweg an. Wir gingen abseits. Behutsam wärmte ich das nackte Leben und flehte mit vielsagendem Blick um ein paar Worte von meinem Vater. Aber Lenk schwieg. Der Busch nicht.
Die verschiedenartigen Töne tanzten zusammen mit meinen Gedanken um uns herum.

Nimm dir die Zeit,

Lehne dich zurück

Und lausche.

Riley

Als wir auf dem Hof ankamen, stürmte Dujah aus
der Hütte auf Onemah zu. „Was schleppt ihr denn
da an? Soll ich den Erdofen richten?"

„Das machen wir schon. Kümmere dich um die
Jungs. Du wirst staunen", befahl Onemah und in
ihrem Gesicht machte sich ein Lächeln breit. Sie
kam zu mir. „Oh! Was ist das klein."

„Tja, Josh, jetzt hast du es." Nungen rollte die
Augen und wandte sich seiner Cousine zu. „Dein
Joshi war herzensgut und will es bei sich
aufziehen." Dann drehte er sich zu mir um.

„Vorbei Josh. Jetzt hast du zwei Plagen am Hals."
Tröstend klopfte er mir auf die Schulter und
folgte den Männern, um Holz für das Feuer zu
suchen. Wir waren allein.

„Sie wollten es braten", erklärte ich.

„Grausam. Es ist noch so klein." Sie kam nah an
mich heran und streichelte mit einem Finger über
den Kopf des Mini-Kängurus. Dabei berührte sie
mich. „Hast du schon einen Namen?"

„Hmm. Joey, vielleicht."

„Das ist Quatsch. Joey nennen wir alle kleinen
Kängurus. Hast du keinen anderen?"

„Nein." Meine Stirn warf Falten. „Ich weiß ja nicht … Ich meine … ist es ein Junge oder ein Mädchen?" Wieder schoss mir die Röte in die Wangen.

Sie sah drüber hinweg, überlegte kurz und schlug vor: „Nenn es doch Riley. Du hast es auf dem Feld gefunden. War zwar kein Roggenfeld, aber ist ja auch egal. Außerdem kann Riley sowohl ein männlicher Name als auch ein weiblicher sein. Den hatte ich mir ausgesucht für unser erstes …" Dujah verstummte. Sie errötete. Bei ihrer dunklen Haut war es kaum sichtbar. Es stand ihr gut.

„Riley ist prima", half ich uns über die Verlegenheit hinweg, „bin ich mit einverstanden."

„Kennst du dich denn in der Aufzucht von Kängurus aus?"

Ich zuckte mit den Schultern und verzog die Mundwinkel. „Dujah, willst DU das nicht lieber übernehmen? Du bist doch ein Mädchen."

„Sogar fast eine Frau!" Sie schob die Schultern zurück und mir wurde warm. Ich stotterte ein „eben" heraus und wusste nicht, wo ich hinschauen sollte.

Sie plauderte weiter: „Tja, eben. Eben ein Mädchen vom Stamm der Aborigines. Und wie dir sicher nicht entgangen ist, gehen meine Leute ruppiger mit Kängurus um. Wenn sie groß genug sind, werden wir sie …"

„Schon gut", unterbrach ich sie, „war ja nur eine Frage."

„Ach, Josh." Mit gekonntem Wimpernaufschlag blinzelte sie mir zu. „Du kannst beim Australien Animal Welfare nachfragen. Und jederzeit, ich meine, nur wenn du willst …", lächelte sie, „komme ich heimlich zu dir."

„Okay?! *Australien Animal Welfare*", sprudelten mir die Worte der Organisation heraus, „dort werde ich mich dann mal schlau machen und mich um unsere Riley kümmern."

Kurz schluckte ich, als ich sah, wie Dujah auf „unsere Riley" reagierte. Geduckt mit unterwürfigem Dackelblick nickte ich heftig, als sie darauf bestand, fast täglich anrufen zu dürfen, um nach dem Kleinen zu fragen. Es war eine peinliche Situation und zugleich keimte der schöne Gedanke auf, sie demnächst öfter sprechen zu können. Schließlich war es nicht mein Vorschlag und der Grund für ihren aufdringlichen Annäherungsversuch würde rein sachlich sein, also kein Grund für dumme Hänseleien.

Erst spät fuhren wir nach Hause. Von dem Kängurufleisch hatte ich nichts gegessen. Ich wollte auch nicht hören, dass sie vorher das Tier über der offenen Flamme geröstet hatten, um die Haare abzufackeln.

„So zieht der beißende Gestank nicht in das Fleisch, mein Junge. Erst dann können sie es in den Erdofen stecken und durchgaren."

Mein Vater bestand darauf, dass ich mich mit den Ritualen auseinandersetzte und ich tat so, als würde ich diese Dinge auch verstehen. Aber mit dem Blick auf Riley wollte ich sie nicht akzeptieren.

Notdürftig hatten wir das Kleine mit Flüssigkeit versorgt und ich war froh, dass sich die Tierärztin für den nächsten Morgen angekündigt hatte, nach den Schafen zu sehen, obwohl auf unserem Kalender Sonntag stand.

Wahrscheinlich hatte sie etwas für Vater übrig, seit Mum zurück nach Europa gegangen war.

Mir gab die Frau reichlich Tipps und war von nun an viel, viel öfter auf unserem Hof zu Besuch.

Schlaf bekam ich in dieser Zeit kaum und wenn doch, träumte ich wild.
Ich sah mich selbst in der Gestalt der Kängurumutter und meine kleine Riley, wie sie mit ihrer unbeholfenen Art in und aus dem Beutel hing.

Tage vergingen, Wochen und Monate. Riley wurde größer und größer. Dujah rief fast täglich bei uns an und besuchte uns mit Nungen im Drei-Wochen-Rhythmus.

Die Schafe waren wieder einmal geschoren worden, dieses Mal ohne meine Hilfe.

Nungen blieb auf dem Hof. Er zog nicht in den Busch, noch nicht.

Weihnachten bekam ich wie üblich die Karte von Mum. Bei uns war es heiß. Es fiel kein Schnee. Ella schenkte mir ein illustriertes Fachbuch über das Verhalten freilebender Kängurus, das sie selbst in ihrer Tierarztbibliothek verwahrte und für so nützlich empfand, es auch mir zu kaufen.

Der Jahreswechsel brachte die Unwetter mit sich. Wirbelstürme, Überflutungen und sogar ein Erdbeben erschütterte Teile von Australien. Unsere Farm und auch die von Onemah blieben davon unberührt.

Die Zeit verging wie im Flug.

Rileys Intensivpflege war längst abgeebbt.

Tagsüber verbrachte sie die Zeit – zwar immer noch unter Aufsicht – mit unseren Schafen auf der Farm. Nachts schlief sie mit mir, den

Vormittag über allein, in der Box im Stall, die ich eigens für uns hergerichtet hatte.

Scherzhaft fragte mich mein Vater einmal, ob er Ella mein Bett vermieten sollte. Dabei war klar, dass die Tierärztin das nicht brauchte.

Während der Schulzeiten wartete das Kängurumädchen, so hatte es Ella zusammen mit mir erkannt, in der Holzkiste. Im Stall am Haus hatte ich einen neuen Verschlag für Riley gebaut, ihn wohlig warm ausgepolstert und sogar innen eine tickende Uhr unter einem Schaffell versteckt. So musste sie nicht mehr direkt an meinem Körper ruhen. Trotzdem war ich, sobald es dunkel wurde, immer in ihrer Nähe und zu jeder freien Zeit tagsüber. Wenn ich aus der Schule zurückkam, nahm ich das Kängurumädchen heraus und sie sprang vor Freude hin und her.

„Fast wie ein Hund", bemerkte ich eines Tages. „Junge, es wird Zeit, dass wir ihr etwas von der großen, weiten Welt zeigen. Sie kann nicht ewig bei uns leben. Sie braucht auch Freunde unter ihresgleichen und einen Lebensraum, in dem sie sich wohl fühlt." Beide dachten wir an den Stall, den sie neulich demoliert hatte.

„Sonst wird sie in Australien nicht glücklich."

Mein Vater schnaufte. „Denk mal an deine Mum."

Ich warf ihm einen entsetzten Blick zu, kassierte dafür das mitfühlende Nicken von Ella.

„Ach übrigens, Dujah hat angerufen. Sie ist am nächsten Wochenende draußen bei Onemah. Wir können ja alle zusammen mit Riley rausfahren", schlug sie vor, als wäre sie die Planerin unserer Ausflüge.

„Toll, ein richtiges Familienfest!", giftete ich, zog die Oberlippe hoch und verschwand.

Erste Schritte

Heute kam ich schwerfällig aus meinem Bett. Es war Sonnabend. Vater hatte mit Ella die Nachtschicht für Riley übernommen und mich nach ewigen Zeiten hoch in mein Bett schlafen geschickt. Eigentlich hätten sie es nicht gemusst. Sie wollten unbedingt.

Diese Nacht war anders. Ständig war ich wach, träumte von Kängurus, wildlebenden Dingo-Rudeln und Dujah. Mir fehlte etwas. Ich wagte nicht aufzustehen und herüberzuschleichen, um in den Stall zu schauen. Schließlich waren Lenk und Ella dort und Riley war nicht mehr so klein. Wahrhaben wollte ich das einfach nicht. Ich spürte immer noch genau, wie sich mein Kängurubaby an meinen Bauch kuschelte und sich von sicherer Warte aus neugierig in die Welt vortastete. Immer noch erinnerte ich mich an ihre nächtlichen Mahlzeiten und an unsere gemeinsamen Mahlzeiten überhaupt. In der Rolle der Kängurumutter mümmelte ich an Blättern und Halmen herum.

Alles musste ich ihr vormachen. Und Riley tat es mir nach. Aber Ella und Lenk hatten recht. In letzter Zeit kam ich mir oft merkwürdig vor. Mein Kängurumädchen hatte sich entwickelt. So klein, dass ich aufpassen musste, sie nicht aus dem Beutel plumpsen zu lassen, war sie nicht mehr.

Bei der Wahl meiner Kleidung brauchte ich heute viel Bedenkzeit und im Bad dauerte es wesentlich länger als sonst. Die Haare frisch gewaschen und mit strahlenden Zähnen saß ich zwischen Ella und meinem Vater im Pickup. Ihre Augen sprachen Bände, aber sie sagten nichts.

Zum ersten Mal fuhren wir mit Riley den Stuart Highway gen Norden, in entgegengesetzter Richtung meiner Schule. Ein überfahrenes Känguru lag am Fahrbahnrand.

„Siehst du, das blüht ihr, wenn wir sie auswildern", schimpfte ich die Erwachsenen an.

„Joshua, das muss nicht sein. Bring ihr nur alles bei, was sie braucht. Und außerdem können wir sie weit im Gelände …"

„Aussetzen!" Sie spürte meinen Blick.

„... freilassen. Vielleicht finden wir ja auch einen Platz im Nationalpark. Ich werd` dort anfragen, wenn ich das nächste Mal draußen bin. In der Region könnten wir sicher sein, dass sie bleibt."

„Ach!", wehrte ich ihre Worte mit der Hand ab. Lenk warf mir über den Rückspiegel einen bösen Blick zu. Wir schwiegen bis wir auf dem Hof ankamen.

„Wo ist sie, wo ist sie?" Dujah begrüßte uns mit wedelnden Armen, gefolgt von Onemah und Nungen, der mit der Hand einen Scheibenwischer vor seinem Gesicht nachahmte.

„Hinten auf der Ladefläche, in der Kiste. Sei vorsichtig beim Öffnen!"

Schon stand Dujah auf dem Pickup.

Wie war sie nur so schnell dort hinaufgekommen?

Ich stieg auf den Reifen und folgte ihr. Riley zog die Nase kraus und schnupperte. Leicht wehte ein warmer Wind herüber. Dujah roch wirklich gut. Hatte sie sich etwa parfümiert? Für mich?

Auf vier Pfoten krabbelnd kam Riley aus der Kiste und griff sofort in Dujahs Kleid.

„Na?!" Nungen kreuzte die Arme vor der Brust und streichelte mit den Händen seine Schultern. Dazu wiegte er sich von rechts nach links und

schaute nickend zu mir, dann zu Dujah und
schließlich zum Känguru.
Sofort sprang ich vom Pickup. Er wich zurück.
Ich wendete mich ab und blickte zu Riley hinauf.

Wie stets an Baumrinden oder an meinem T-Shirt spielte sie jetzt mit Dujahs Kleidung. Sie untersuchte sie, bevor sie probierte, ob etwas essbar daran war.

„Josh, schau, unsere Riley will mich anknabbern. Wie süß!"

„Willst du das nicht auch, Josh?!" Unter hämischem Grinsen strahlten mir, mitten aus dem braunen Gesicht, Nungens weiße Zähne entgegen.

„Mann!" Nun gab ich ihm einen festen Hieb auf den Oberarm.

Er antwortete mit zwei aufeinander folgenden Boxhieben in die Luft und nach einer kurzen Rangelei vor der Ladefläche des Autos umarmten wir uns.

„Friede?", fragte ich.

„Okay, Waffenstillstand!", lachte er, „vorerst!" Er half seiner Schwester vom Auto.

Onemah hatte zwischenzeitlich die Laderampe entriegelt und packte nun zur Begrüßung meinen Arm. „Hallo Joshua, mein Sohn. Hätte nicht gedacht, dass du das Känguru bis hierher durchbringst. Hut ab. Es sieht prächtig aus. Diese Arbeit, die dahinter steckt, ist uns einfach zu viel. Drum packen wir die Embryos gleich in die

Suppe, wenn wir sie im Beutel eines toten Kängurus finden. Hast einiges geleistet, mein Junge."

Sein Lob tat mir gut, obwohl mich der Gedanke an den Kängurufund vor Monaten ein wenig traurig stimmte.

Nungen kam zurück und flüsterte mir ins Ohr: „Kein Wuieis, hast gute Karten für Du…"

Reflexartig schlug ich ihm in den Bauch.

Er prustete und rief: „Mann, riechst du gut, sag bloß, du hast dich rasiert?"

Dujah kicherte.

Ich weitete meine Nasenlöcher, schnaufte und rannte hinter Nungen her. Als ich stolperte, griff ich seine Knöchel. Schon lag er vor mir der Länge nach auf der roten Asche. Riley war hinter uns hergehüpft und stand genauso entsetzt wie Dujah über uns.

„Soll aus unserem Känguru ein Jagdhund werden? Los, lasst uns zur Weide gehen. Nachher wird es zu heiß!"

Mir war jetzt schon ziemlich heiß. Mühsam klopfte ich mir den Sand von der Ausgehkleidung und stapfte mit in Richtung Weide.

„Sollen wir Peach mitnehmen?", fragte Nungen. Er umtanzte das Känguru und machte ihm scheinbar Angst.

Riley hüpfte, hielt kurz an, stellte sich auf die Hinterpfoten und richtete sich auf. Sie stützte sich auf ihren Schwanz und fuchtelte mit den Armen. „Ach, lass lieber", schlug ich vor und stellte mich schützend zwischen Riley und den Dingo. „Okay. Hab ja meinen Boomerang mit. Peach, pfui!"

Dujah rollte die Augen und nickte vielsagend. Zu mir flüsterte sie: „Er bereitet sich auf Dezember vor. Dann geht er in den Busch! Endlich!" „Wie? Wird das unser letzter Frühling, so zusammen, und so?" „Warum? Wir sind alt genug. Ihr seid keine Wuieis mehr. Hab gelauscht, dass Onemah sich überlegt hat … ach, vielleicht spricht er gleich mit deinem Vater darüber." Mehr sagte sie nicht.

Bei mir kreisten die Gedanken. „Was ging jetzt ab? Sollte ich auch in den Busch?" Sie grinste und senkte verlegen schüchtern den Blick. Nungen ahmte mit seinen Zeigefingern und

Daumen ein Herz nach. Ich hätte am liebsten …
hielt mich aber zurück.

„Welche Pläne heckt ihr aus?"

Beide grinsten schweigend und wichen meiner
Frage aus. Die Gedanken kreuzten sich.

Dass sich die einzelnen Aborigine-Stämme
untereinander mischten, was die Frauen anging,
hatte ich gehört. Dass Onemah jetzt so europäisch
werden würde und Dujah und ich ...

Es kribbelte in meinem Bauch als ich ihr
nachblickte. Sie hüpfte mit Riley über den Weg.

„Du-jahhhhh!", hauchte mir Nungen von hinten
ins Ohr, als könnte er Gedanken lesen. Schon
flitzte er los.

Uns prügelnd, lachend und purzelnd rannten wir
hinter den beiden Frauenzimmern her, bis wir fast
an der Weide ankamen. Ein Rudel Dingos
lungerte im spärlichen Schatten eines Baumes.

„Sind das die Gleichen wie damals?", wollte ich
wissen und blieb stehen.

„Weiß nicht?"

Nungen zog seinen Boomerang aus dem Gürtel
und fixierte das Rudel. Er warf das gebogene
Holz in leichtem Kreis auf die Meute zu. Mit

einem Hopser schlug es vor ihnen in den Sand und trieb sie auseinander. Wie damals zogen sie erst den Schwanz ein, aber dann …

„Na, Bingo! Bingo, da kommt ein Dingo. Mensch, lauft!", schrie Nungen und sprintete zum Weidezaun.

Die Tiere hatten in Riley leichte Beute gewittert. Ich nahm Dujah an der Hand und rannte, so schnell ich konnte. Riley sprang um, vor und neben uns herum. Am Zaun half Dujah mir geschickt herüber und Riley machte einen riesigen Satz, wie ich es bei ihr noch nie gesehen hatte. Wir waren auf der sicheren Seite, auf der Koppel der Schafe.

„Na, ihr Turteltäubchen. Warum habt ihr denn so lange gebraucht? Hattet wohl noch etwas Wichtiges zu besprechen, was?! Hochzeitspläne? Sieht schlecht aus. Wenn Onemah dich so gesehen hätte …" Er tänzelte auf Zehenspitzen und schlackerte mit den Armen. „Josh, fürs Überleben bei uns in der Wildnis musst du dich mehr anpassen. Schneller werden!" Nungen grinste breit.

Mir fehlten die Worte. Ich stützte mich vorn übergebeugt auf meine Knie und rang nach Luft. „Ganz ruhig. Hier sind wir sicher und können wie Schafe grasen", lachte er.

Die Schafe grasten nicht. Erstens war nicht mehr viel Gras da und zweitens umkreisten jaulende Dingos den Zaun. Nungen blieb cool. Dujah drückte sich an mich. Wahrscheinlich beruhigten wir uns gegenseitig. Nach einer Weile ließen die Dingos von uns ab und legten sich zurück in den Schatten. Wir taten ihnen gleich und setzten uns unter das schmale Wellblechdach der Futterbaracke.

„Hier lässt es sich schon leben!", stellte Nungen fest.

„Ja, wenn man ein Schaf ist", ergänzte ich.

„Oder in den Busch muss", lachte Dujah ihn aus.

„Mein Mann braucht das nicht! Er hat europäische Wurzeln. Viel moderner." Affektiert lächelte sie mich an und ich konnte diesem künstlichen Blick nicht standhalten.

Hatte ich sie doch sehr gern und immer lieber gewonnen über all die Telefonate der letzten

Monate, so ging sie mir nun fürchterlich auf die Nerven mit ihrem Europagetue.

„Das ist eine Phase", dachte ich.

„Weiber! Ich bin bestimmt kein Schaf."

Mit einem Nicken stimmte ich Nungens abfälliger Handbewegung zu.

Dujah schmollte.

Stumm beobachteten wir Riley, wie sie sich beruhigt hatte und sich genüsslich mit den Schafen über die letzten Grashalme und über eines unserer Brötchenkrusten hermachte.

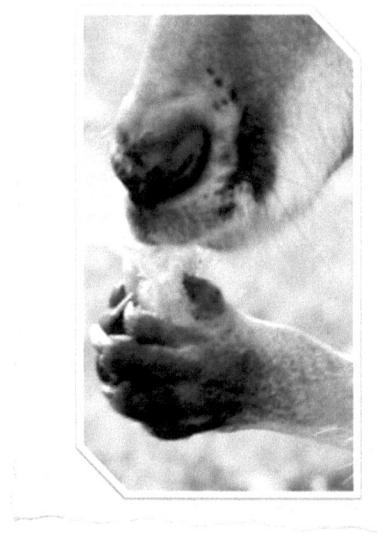

„Ist sie nicht groß? Sie greift wie wir. Sieh nur, Josh! Eigentlich könnte sie mit ihren Händen sogar einen Stift halten. Wir sollten ihr das Schreiben beibringen."

„Jetzt hört alles auf, Dujah. Warst du zu lange in der Sonne?"

Nungen griff mit der Hand in die Wassertränke und spritzte sie nass. Eine wilde Wasserschlacht entfachte und es tat uns gut.

Die Sonne stand hoch am Himmel und brannte auf uns nieder. Aus dem Reservetank, der für die Wassertränke der Schafe gefüllt war, tranken wir und saßen noch stundenlang im Schatten. Es war schön zu beobachten, wie sich Riley unter die Schafe mischte und wieder zu uns kam, wie sie Steine, Stöcke und Gräser untersuchte und wie vom wilden Affen gebissen aus dem Nichts auf einmal losraste und innerhalb des Zaunes über die Weide tollte. Wir quatschten über dies und das, die bevorstehenden Schulferien, unsere Pläne für den Sommer. Nur über Nungens Zukunft wollten wir nicht reden.

Aus irgendeinem Grund schreckten die Wildhunde auf. Sie stellten die Ohren auf, trabten in eine Richtung. Dann preschten sie fort. Motorengeräusche waren zu hören, kamen näher, entfernten sich wieder.

„Los, Heimweg!", forderte Nungen. Wir gehorchten, nahmen Riley mit und sammelten unterwegs seinen Boomerang ein.

Den ganzen Weg über waren wir auf der Hut, achteten auf jedes Geräusch, auf jede Regung von Riley. Wir kamen unversehrt auf der Farm an. Es gab wieder Kängurufleisch, diesmal mit Reis.

Aussichten

Weitere Monate vergingen. Die Tage wurden kühler und wieder wärmer. Das Klima war jetzt für europäische Touristen wohl angenehm zu ertragen. Uns interessierte die Jahreszeit nicht. Wir verbrachten jedes freie Wochenende in der Wildnis.

Unsere Kreise um die Farm herum und um die Weide von Onemah wuchsen. Genauso wie Riley. Sie wurde immer mehr Känguru. Irgendwie spürte ich, dass Dad und Ella recht hatten. Bald würden wir uns von Riley verabschieden müssen und für einige Zeit auch von Nungen.

„Sollen wir nächstes Wochenende nach Alice Springs fahren? Dort gibt es das Bootsrennen", fragte Dujah, als wir wieder einmal gemütlich auf der Weide unter dem Wellblechdach saßen.

„Bootsrennen? Jetzt zur Trockenzeit fließen bestimmt Wasserfluten den Todd River hinunter." Nungen zeigte ihr einen Vogel. „Da ist alles furztrocken, Mädel!", presste er feuchte Luft durch die Lippen, als würde er ungeübt in sein Didgeridoo blasen.

„Lebst du jetzt schon im Busch?"

Warum musste sie ihn nur immer damit aufziehen und in mir dieses wehmütige Gefühl heraufkriechen lassen? Trotzdem stimmte ich ihr zu und erklärte: „Nungen, sie hat recht. Da findet das jährliche Rennen statt. Das wäre eine schöne Gelegenheit, noch einmal richtig ausgelassen zu feiern."

„Jährlich? Josh, warst du im letztem Jahr auch da?"

Ich schnaufte nur.

„Ja, wie denn?!", keifte Dujah und zeigte auf die Weide.

„Ha, wusst´ ich's doch! Und was machst du mit deinem Känguru auf so einem Volksfest?"

Zum ersten Mal merkte ich, wie gebunden ich all die Zeit gewesen war. Ella und Lenk würden die Betreuung diesmal nicht übernehmen, wollten sie doch selbst in Alice Springs ihren Spaß haben. Alleine in der Kiste zurücklassen konnte ich sie nicht mehr. Erstens war Riley zu groß geworden und zweitens war nachmittags nicht die Zeit, sie in den Schafstall zu sperren. Sie würde uns, wie beim letzten Versuch, die Boxen anknabbern, ramponieren und mit ihren kräftigen Hinterläufen die Holzverschläge springender Weise eintreten. Obwohl Kängurus eher nachtaktiv waren, hatte sie sich ein wenig an meinen Biorhythmus angepasst. Sie verschlief - wie ich teilweise zum Ärger von Dad – meine Schulstunden und nutzte den Nachmittag bis in die Abendstunden ausgiebig für ihre wildesten Unternehmungen.

„Tja, ich weiß nicht. Das Fest beginnt schon früh. Es dauert bis spät in den Abend hinein."

„Du kannst sie hier hinausbringen. Sieh nur, wie sie unter den Schafen tollt", schlug Dujah vor.

„Ich weiß nicht? Über Nacht?"

„Was weißt du eigentlich, du Wuieis?"

„Ich weiß, dass mein Vater nicht noch weiter gen Norden fährt, wenn das Volksfest südlich von unserer Farm stattfindet. Es ist mein Job, auf Riley achtzugeben. Und ich will ihm nicht zustimmen, dass es besser für alle ist, sie endlich in der Wildnis auszusetzen."

Jetzt war es ausgesprochen.

Meine beiden Freunde starrten mich an.

Sie verstanden es sofort.

Ich meinte sogar, ein paar Tränen in Dujahs wunderschönen dunklen Augen schimmern zu sehen. Sie drehte sich weg. Nungen stand auf und rannte vor. Dann warf er Riley einen Stock zu, als würde er mit einem Hund spielen. Sie hüpfte los, griff ihn mit den Vorderpfoten und brachte den Stock zu ihm zurück. Wir mussten lachen. Als er seine Gefühle mit Hilfe des Tieres in Einklang gebracht hatte, kam er zu uns zurück. Dujah und ich lösten unsere Umarmung und setzten uns wieder aufrecht, als wäre nichts gewesen.

„Lass Riley doch bei euch auf der Farm mit euren Schafen tollen", schlug er vor.

„Das ist eine gute Idee und so originell. Hätte ich von dir nicht erwartet", ärgerte Dujah ihren Cousin.

„Aber da bin ich nicht dabei. Niemand wird zu Hause sein, sollte etwas sein."

„Josh, dein Känguru ist schon groß. Schau es dir an! Jetzt ist Riley wirklich schon alt genug, mal alleine zuhause zu bleiben. Sie wird ja nicht ungefragt den Fernseher anmachen und sich einen Horrorstreifen reinziehen."

„Oh, Nungen! Los, lasst uns gehen. Ich denk drüber nach."

Dujah nahm meine Hand und blinzelte zu mir auf.

„Bitte, Joshi, das wäre so schön. Wir waren noch

nie dort. Ich meine, nimm mich mit! Wie bei
einer richtigen Familie."

Familie?! Ein Kribbeln fuhr über meinen Arm.
Meine Gefühle tanzten mal in die eine, mal in die
andere Richtung.
Ich sah alles vor mir: mich, Dujah und unsere
Riley. Wärme knüpfte ein Band zwischen uns.
Auf dem Weg zur Farm ließ Dujah meine Hand
nicht mehr los. Es war so fremd, zugleich vertraut
und irgendwie sehr angenehm. Hätte uns nicht
Nungens verschmitztes Grinsen begleitet, hätte
ich sie für immer gehalten. *Familie.*

Das Fest

Der Tag des Festes rückte näher. Die flehenden Anrufe von Dujah häuften sich. Als sie davon anfing: „Wer weiß, ob wir je noch einmal die Gelegenheit haben werden, dort ausgiebig zu feiern. Denn wer weiß, ob Nungen aus seinem Busch zurückkommt oder vielleicht lieber als Fisch oder Vogel in sein Leben als Geist flüchtet und wer weiß …" Warum auch immer stimmte ich zu. Wir verabredeten uns direkt in Alice Springs. Onemah wollte die beiden hinfahren, bleiben hingegen wollte er nicht.

Es tobte schon die Feierlaune. Viele Boote waren aus den unterschiedlichsten Materialien zusammengeschustert und bunt bemalt worden. Im Boden hatten sie ein Loch, sodass die Segler, Matrosen und Kapitäne ihre Füße auf dem festen Untergrund flitzen lassen konnten. Es war anders als bei den Rennen, wie man sie von den feuchteren Ecken Australiens kannte. Aber die Rennen waren genauso lustig.
Nur wenige Aborigines waren hier. Eigentlich hatte ich nur Augen für eine.

„Hat alles geklappt mit unserer Riley?", wollte sie wissen.

„Dujah, lass ihn, wir wollen sinnlosen Spaß haben und nicht an das Tier denken."

„Schon gut. Klar hat alles geklappt. Hoffe ich. Lenk hat das Weideland in dieser Woche für die Herde verschoben. Sie hatten dort alles abgegrast. Riley ist bei ihnen. Jedoch kennt sie die Gegend drum herum nicht."

„Wird schon! Sie ist ein Tier. Und nun lass uns mal tierisch einen draufmachen." Er steuerte den nächsten Stand an, an dem es duftendes Essen und gekühlte Getränke gab. Tatsächlich zischte er sich ein Bier, kassierte dafür böse Blicke von seiner Cousine. Sie sagte nichts.

„Wir haben ein Abkommen, Dujah!", johlte er und zwinkerte mir ein Auge zu. Ich verstand nichts, vielleicht wollte ich auch nichts verstehen. Lenk und Ella amüsierten sich mit den anderen Erwachsenen, ließen uns freien Lauf und sammelten uns erst spät wieder ein. Beide Freunde durften an diesem Abend bei uns auf der Farm übernachten, so hatten wir es mit Onemah verabredet. Und ich spürte die Aufregung bei Dujah. Ich war mehr besorgt um Riley und wollte nach dem Fest unbedingt noch hinaus zur Koppel fahren, um nach dem Rechten zu sehen. Ella war diejenige, die mich verstand und meinen Vater dazu überredete, den Umweg zu machen.

„Was ist das?", fragte Ella erstaunt.

Und Dujah hob ihren Kopf von meiner Schulter und schaute aus dem Seitenfenster.

Wir hatten Ellas Off-Roader genommen, da er mehr Sitzplätze hatte als Dads Pickup.

Parallel zur Australien-Autobahn, so nannten wir scherzhaft die rote Schotterstraße, auf der wir fuhren, rasten drei Geländewagen durch die Wildnis.

„Die machen gleich einen Roll-Over!"

Den machten sie nicht. Sie schossen wild um sich, ließen Kugeln durch die Nacht fliegen und lediglich unzählige Patronenhülsen über die Steppe rollen.

„Lenk, Vorsicht! Erkennst du wen?"

„Dad, sind es Wilderer oder Kriminelle, die uns was wollen?"

„Weiß nicht. Sieh, sie schwirren ab."

„Ob ihr sie nur gestört habt?", wollte Dujah wissen.

„Kann schon sein", erklärte mein Vater, „in der letzten Woche hatten wir wieder etliche Zwischenfälle hier in der Gegend. Die örtlichen Behörden arbeiten zurzeit mit Volldampf. Werde morgen mal anrufen."

Wir erreichten das Gatter der Weide.

Die Schafe hatten sich nicht, wie erwartet, unter der Baracke zum Schlafen gelegt, sondern in eine Ecke gequetscht. Ich spähte nach dem rötlichbraunen Fell von Riley. Vergebens.

„Sie ist weg!" Die Hysterie, mit der sich Dujah in meinen Arm krallte, machte die Sache nicht leichter.

Lenk beruhigte mich. Ella und Nungen bekräftigten sich gegenseitig dahingehend, dass das Känguru ja mittlerweile groß und alt genug wäre, auch mal des Nachts auszubleiben.

In Anbetracht der skurrilen Typen, die am Straßenrand lauerten, konnte ich ihre Ansicht nicht teilen. Nach vergeblichen Rufen, Pfiffen und Ausleuchten der Umgebung fuhren wir dann doch zur Farm zurück. Zwang uns die Müdigkeit beider Erwachsenen dazu?

„Kia Ora, Leute, wie war die Nacht?" Ich ging
auf seine anzüglichen Handbewegungen nicht
ein.

„Moin Moin, sagt man da, wo meine Mutter jetzt
lebt", wehrte ich ab.

„Nungen wird nie europäisch. Werd Maori und
geh nach Neuseeland! Grüßen kannst du schon
wie einer. Nimm die Schafe von Onemah gleich
mit. Sie fühlen sich da auch viel wohler. Bloß
weit weg von uns!" Das saß. Dujah giftete ihren
ganzen Frust heraus.

Nungen war als Erster aufgestanden oder hatte er
gar nicht geschlafen? Der Fernseher lief noch.

„Na, Dujah, schlecht geschlafen? Die Nacht wohl
durchgemacht oder nur geheult?"

Ihr verknittertes Gesicht sah müde aus, obwohl
sie in meinem Bett und ich mit Nungen auf den
Couchen gelegen hatte.

„Wie war´s? Wolltest du dir diese Nacht nicht um
die Ohren hauen? So mit deinem Joshi, im Stall?
Du hast gar kein Stroh im Haar", ärgerte er sie.

„Lass mich!" Sie wurde rot, sicherlich vor Zorn.

Mich hielt nichts am Frühstückstisch. Ich musste
raus. Raus in unseren großen Garten, wie wir

unser geschenktes Stück der großen Welt
nannten. Und da lag sie.

„Riley?!"

Auf dem Rücken liegend, im Schutz der Stallwand, hob sie schwach ihren Kopf. Die Ohren bewegten sich wie die Löffel eines Hasen, aber auf keinen Fall mehr so schnell. Ihre braunen Kulleraugen blickten mich unter den langen Wimpern traurig an. Dann schloss sie sie wieder. „Riley, was ist passiert? Bist du den ganzen Weg hierher gekrochen? Warum war ich nur nicht im Stall?"

Ich streichelte ihren Hals. Die weichen Lippen formten sich, spielten mit den Nasenlöchern eine Grimasse, über die wir sonst immer gelacht hatten. Ihre gelblichen Zähne mit den dunklen Ablagerungen öffneten sich kurz und bissen sofort fest aufeinander, als wollten sie mir alles von den Schmerzen ihrer Nacht erzählen.

„Sie ist angeschossen worden. Schnell, hol mir meinen Koffer!" Ella war herausgeeilt und checkte die Lage sofort. „Anfassen! Du hinten, ich vorne. Dujah kümmre dich um Josh!"

Aus der Schrecksekunde wurden Minuten, die sich in Stunden verwandelten. Trotz Dujahs Nähe zitterte ich am ganzen Körper. Endlich. Mein Vater holte uns.

„Sie hat Engel-Hände!", lobte er und Ella schmiegte sich an ihn.

„Riley braucht noch Ruhe!"

„Und wir auch! War anstrengend gestern." Er nahm sie in den Arm. Kichernd verschwanden sie im Haus.

Wir blieben im Stall neben dem Strohlager, dass wir Riley bereitet hatten und blickten mit gemischten Gefühlen auf den reglos daliegenden Körper einer riesigen Hasenmutation.

„Ich dachte schon, sie wäre unters Auto geraten und hätte sich vom Highway hierhergeschleppt. Echt zäh, eure Riley."

„Das waren die Wilderer. Kann dir auch passieren."

Nungen schickte ihre Worte mit einem lässigen Rückhandschlag gen Himmel.

Sie streichelte meinen Arm. „Soll ich noch hierbleiben, wenn Onemah kommt und IHN abholt?" Sie deutete abfällig auf ihren Cousin, der offensichtlich mit seinen Gedanken beschäftigt war.

„Ach, Dujah."

Ich glaube, sie sah meinen traurigen Blick, und verstand, dass ich alleine sein wollte.

Es dauerte nicht lange, schon fuhr ein Auto vor. Onemah hatte einen kurzen Blick in den Stall geworfen und mir väterlich auf den Rücken geklopft, gesagt hatte er nichts, verstanden aber alles.

Die Qual der Wahl

Es verging ein weiterer Monat, bis das Thema Auswildern bei uns zu Hause erneut angesprochen wurde. Dieses Mal weihte ich Nungen und Dujah sofort ein.

„Wir müssen nur einen guten Platz finden! Sie schafft das. Sieh sie dir an! Dieses zähe Biest." Er ahmte das Mümmeln nach.

„Du Schlauberger! Wo denn?", fiel ihm meine Freundin ins Wort.

„Könnt ihr denn nicht warten, bis ich alles ausgekundschaftet habe? Oder, Josh, willst du nicht doch mitkommen? Wir zusammen: du, ich, Riley und der große Garten im Busch von Australien!" Er träumte.

„Und ich? Das kommt überhaupt nicht in Frage. Lenk hat sich dagegen ausgesprochen. Gut so!" Sie gab mir einen Kuss auf die Wange. Ich nahm es nur am Rande wahr.

„Ich habe schon darüber nachgedacht. Riley fährt doch ohne Probleme Auto. Ich könnte sie nach Exmouth bringen."

„Das ist zu weit weg. So weit im Westen. Sie ist kein Fisch. Oder soll sie sich am Korallenriff mit den Walhaien, Surfern oder Tauchern tummeln?"

„Ich meine nicht direkt an der Küste. Weiter im Inneren. Auf die Cape Range in Exmouth. Dort gibt es viele Süßwasser Seen und …"

„… und in den Gewässern lauern bestimmt auch Krokodile. So siehst du sie nie wieder." Traurig schlug sie ihre schönen langen Wimpern auf und zu.

Das erinnert mich an deinen Blick, meine Riley.

„Lieber schwitzen als im Krokoleib sitzen!", reimte die dunkle Stimme meines Aboriginefreundes. Er lachte wie ein Kookaburra, der Lachvogel Australiens, der nicht sang, sondern fürchterlich ansteckte mit seinem merkwürdigen Tönen.

Dujah schüttelte den Kopf und boxte ihrem Cousin auf den Oberarm.

Sofort sprang Nungen auf, stellte sich breitbeinig hin und packte zu. Er ahmte einen Giganten der Urzeit nach, umklammerte die Luft und schmiss das Nichts von rechts nach links vor sich her. Grölende Geräusche zischte er durch die Luft, krächzte und grunzte. Dann stürzte er und rollte mit dem erdachten Krokodil ringend über den sandigen Boden. Jetzt lachten wir.

„Prüfung bestanden! Warum willst du überhaupt fort?", rief ich ihm nach und streckte anerkennend den Daumen hoch.

„Wie wäre es mit Bungle Bungle?", schlug ich vor.

„In der Kimberley-Region?" Nungen kam seine Kleidung abklopfend zurück und rümpfte die Nase.

„Warum nicht? Der Riesenfluss hat damals die Felsgruppen so schön geformt. Hier gibt es genug Schattenplätze zwischen den hohen Steinen."

Wir merkten, wie die Sonne brannte.

„Ja! Höhlen! Die ähneln eurem Stall. Sie könnte sich dort verbergen und vielleicht mit ihrem Känguru-Mann …"

„Dujah, hast du nur eins im Kopf?" Er tippte sich an die Stirn und schaukelte dann seine verschränkten Arme vor der Brust. Sie streckte ihm die Zunge heraus.

Bei dieser Vorstellung sah ich meine kleine, zierliche Riley neben einem übergroßen Malo-Männchen stehen.

War sie von der Herde umzingelt oder bereits integriert worden?

War sie dem Gruppenzwang untergeordnet oder hatte sie sich freiwillig entschieden?

Wollte sie wirklich dort hin und sollte ich mich fügen?

Alle Augen starrten mich an und erwarteten meine Entscheidung.

„Nein." Nungen sprach es aus.

„Genau wie beim Uluru treten wir in den Höhlen mit den Traumzeitwesen geistig in Verbindung, um ihre Weisheit aufzunehmen. Soll eure Riley etwa mit mir gehen und weise werden? Ich zeig ihr schon, was wichtig ist. Ich könnte sie mit zu den Devil Marbles nehmen. Das ist nur ein kleines Stück nördlicher, Richtung Darwin. Josh, wirst du da nicht studieren?"

„Später vielleicht." Ich zuckte die Schultern und dachte an das Gebiet zwischen Alice Springs und Darwin.

Bekannt war es für seine runden Steinbrocken. Diese geologischen Gemische aus Naturfasern, Sand, Hitze, Kälte und den sonstigen Einflüssen Australiens lagen wie Naturwunder verstreut auf der roten Erde herum. Diese Devil Marbles sollten nach Aborigine-Glauben die Eier der Regenbogenschlange sein, auch ein wichtiges Traumzeitwesen ihrer Mythologie. Mit der Regenzeit steckte ihr Schwanz in den gebildeten Gewässern und der Körper prangte als ein Regenbogen darüber.

„Gewässer … Krokodile", zog ich meine Schlüsse. Was sich Nungen dabei gedacht hatte, unsere Riley dorthin mitzunehmen, verstand ich nach seiner Kampfdarbietung ganz und gar nicht.

„Eventuell der Daintree Rainforest", überging ich die Situation.

„Ja! Dort ist alles grün." Dujah streckte die Arme aus und malte mit ihren gespreizten Fingern einen weiten Kreis über den Horizont. Vor mir, über der flimmernden Erde, zeichnete sich eine Oase ab. Von Lianen berankte Bäume spendeten Schatten.

Das Grün war saftig und roch frisch.

Zwitschernde Vögel erfüllten die Luft. In ihren Arten konnte ich sie nicht unterscheiden. Es war ihre Vielzahl, die dieses Australien ausmachte.

Dujahs Berührung auf meinem Arm, die ihr Cousin wohl nicht bemerkte, betörte meine Sinne. In mir brummte, summte, zwitscherte es.

„Nein!", holte mich Nungen in die Realität zurück.

Ich sprang auf. „Warum? Dort findet sie genug Nahrung."

Von meiner Vorstellung, Riley etwas Wunderbares zu bieten, wollte ich nicht ablassen.

„Zu schwül, zu tropisch. Den Klimawechsel packt sie nicht! Und überhaupt. Hast du nicht von der australischen Brennnessel gehört? Berührt man sie, schwillt die Haut furchtbar an. Tage, Wochen danach tut die Stelle noch weh, stößt man sich an derselben noch einmal. Schlimmer als dein Sonnenbrand. Würde eure Riley das fressen … da möchte ich gar nicht dran denken. Ich habe schon von Menschen gehört, die die feinen Härchen der Blätter nur eingeatmet und somit tagelang aus der Nase geblutet haben. Und denkt an den Kasuar, an den ach so scheuen Laufvogel, der sein Revier so stark verteidigt, dass er dich mit seiner Kralle aufschlitzen wird. In seinem Ei sind Sturm, Sonne und Fruchtbarkeit verborgen. Ah, deshalb. Dujah, du denkst an Frucht-bar-keit. Nicht wahr?", lachte er wieder seinen Kookaburra-Gesang.

„Nungen, hör auf!", befahl seine Cousine. „Vielleicht hast du recht." Ich setzte mich zurück zu meiner Freundin. Sie nahm meine Hand. Wir schwiegen.

„Joshi, hat Ella nicht gesagt, sie könnte hier im Nationalpark nachfragen? Dann wäre Riley nicht ganz so weit weg." Eng kuschelte sich Dujah an

mich und blickte mit ihren dunklen Augen
verliebt zu mir auf.

„Aber die Schluchten …", warf ich ein.

„… spenden Schatten und Wasser zum
Überleben."

„Sie muss laufen", erklärte ich.

„Das weiß ich. Es gibt auch Steppe zwischen den
einzelnen Felsgruppen, wo sie mal richtig zeigen
kann, was in ihr steckt."

„Aber meines Wissens nach leben dort hauptsächlich die kleineren Kängurus."

„Sieh dir Riley an. Ist unsere Kleine überhaupt richtig groß?"

„Ja!"

„Siehst du." Damit schlug sie mich schachmatt.

„Dujah", versuchte ich noch einmal.

„Aber Ella hat gesagt, sie kennt da einen Ranger, der kennt da eine Gruppe, die ganz bestimmt …"

„… passt." Ich nickte, obwohl mir die Vorstellung nicht passte. Mir wäre lieber gewesen, ich hätte meinem Känguru – wenn es schon sein musste - etwas richtig Großes von Australien geschenkt.

Wieder verging ein Nachmittag, an dem wir auf der Weide saßen, debattierten, diskutierten, lachten und unserem Känguru zusahen, wie es geheilt über den Zaun sprang, ausbüxte und nach wilden Hopsern zu uns zurückkam. Sie tanzte nach Australiens Musik.

Der Entschluss

An einem Freitag fuhr ich direkt nach der Schule
mit Ella, Lenk und Riley im Gepäck zum
West-MacDonnell-Nationalpark. Bis Exmouth
wollten wir nicht. Dafür war das Wochenende zu
kurz und die Fahrt nicht nur für unser
Kängurumädchen zu anstrengend.
Wir waren zu dritt und doch fühlte ich mich
allein. Ella und Lenk hatten mir die Wahl
gelassen. Aber Nungen wollte ich nicht und
Dujah konnte ich nicht mitnehmen. Am letzten
Wochenende waren wir auf der Weide gewesen
und sie hatten es bestimmt gespürt.
Unendlich lange fuhr der Pickup über eine Piste,
die nur mit Allradantrieb befahren werden
konnte. Es ruckelte und schüttelte meine
Gedanken, bis keine mehr klar waren. In der
Ferne stand ein weiterer Geländewagen. Wir
steuerten direkt auf ihn zu. Roter Staub wirbelte
um uns. Wir bremsten. Jetzt rannen unaufhaltsam
Tränen über meine Wangen. Es war wie bei
vollen Wassergläsern, die mit hoher
Geschwindigkeit in eine Richtung getragen und
abrupt abgestoppt wurden.

Der Pickup stand. Der Motor war still.

Hektisch wischte ich mir durchs Gesicht. Wir saßen da. Ich schaute auf meine Hände. Dad biss auf seiner Unterlippe herum und Ella blickte in den Rückspiegel. Niemand sagte etwas.

Sie war die Erste, die ausstieg. Wir blieben sitzen und schauten ihr nach. Freundlich begrüßte sie den Ranger, strich sich ihr Haar aus dem Gesicht und legte es hinter die Ohren. Beide lachten. Mit einem Kopfnicken deutete sie zum Wagen. Der Ranger nickte in unsere Richtung.

„Komm schon, mein Junge!", forderte mein Vater. Er klopfte mir auf den Oberschenkel. „Ich weiß, wie du dich fühlst. Glaub mir, es ist besser für alle." Er schaute auf das kleine Foto meiner Mum, das neben dem Armaturenbrett klebte und sicher erst entfernt werden würde, wenn der Pickup in die Schrottpresse kam.

„Danke", schnauzte ich ihn an. Noch ein Stich ins Herz. Wütend schmiss ich die Autotür zu, öffnete die Klappe der großen Kiste auf der Ladefläche und gab Riley die vertraute Hand.

„Komm, mein Mädchen, alles wird gut. Hier ist es schön." Ich pausierte. „Das sagt zumindest Ella. Und die kennt sich doch aus, oder?!"

Riley hüpfte von der Rampe und sprang auf Ella zu. Diese hatte gleich einen Snack griffbereit, mit dem sie mein Känguru bestach.

„Joshua, der Ranger will dir die Herde zeigen, in die wir Riley integrieren könnten. Von der Altersstruktur her wäre sie jetzt genau die Richtige für das Malo-Männchen." Sie ergriff Lenks Hand. Er küsste ihre Stirn.

Haben Erwachsene keine anderen Gedanken?
Gehört das zum Größerwerden dazu?

Ich dachte an mein letztes Treffen mit Dujah.

„Vielleicht hast du recht", sagte ich, gesellte mich zu den beiden und begrüßte höflich den Ranger.

„Mensch, Junge. Ein fester Händedruck. So liebe ich das. Du weißt, was du willst."

Wusste ich das?

„Sollen wir zwei beide, ich meine: wir drei alleine? Oder willst du deine Eltern mitnehmen?"

„Meine Eltern?" Ich lachte kurz auf, schaute Lenk und Ella an. „Nee, das schaffen wir alleine." Mein Vater nickte mir zu.

Zwischen Kummer und Trauer sah ich den Stolz, der ihn erfüllte. Mein Hass gegen diese Umstände verblasste. Er wandelte sich. *Heute würde ich sagen*: Zum ersten Mal erlebte ich Verantwortungsbewusstsein, ein Pflichtgefühl für ein anderes Leben zu entscheiden - gegen mich.

„Riley!", pfiff ich.

Sie stellte die Ohren in meine Richtung und drehte sich. Sie starrte mich an, als wüsste sie nicht, welchem Instinkt sie folgen sollte.

Ahnte sie es? Spürte sie es auch?

Fragend stand sie da.

Dann drehte sie sich zu Ella um, die sich gebeugt hatte, und knabberte an ihren Haaren. Ella kicherte. Sie strich Riley über die Ohren und kraulte ihr den Hals. Die kleine Kängurudame genoss es sichtlich, reckte sich und hielt den Kopf schief. Sie drückte sich förmlich in die Hand der Tierärztin hinein.

„Du weißt, was du willst, meine Süße", sagte diese. Wieder herzte sie mein Känguru, fasste mit beiden Händen dessen Kieferknochen und wiegte den flauschigen Kopf hin- und her. Da entriss sich Riley ihrer Umarmung und wich zurück.

Ella bückte sich erneut, um den Schuh zu binden. Schon knabberte Riley sie wieder an. Sie liebkoste sie regelrecht.

„Riley, jetzt lass das! Komm!", befahl ich.

Das Känguru ignorierte mich.

„Seht ihr, sie will nicht. Wir haben keine Chance. Ich habe alles versucht."

Ella warf ein Leckerli. Riley sprang vor und fand es sofort.

„Wirf einfach ein paar davon. Nachher, wenn ihr die Herde seht." Sie drückte mir die Leckerlis in die Hand. „Glaub mir, deine Riley wird sich schnell von ihren Leuten mitziehen lassen. Sie ist nicht dumm und weiß genau, was richtig und gut für sie ist - wie du."

Ich wehrte ab. Lange schon hatte ich ihre Worte nicht mehr mit der Rückhand gen Himmel geschlagen, jetzt war mir danach. In heftiger Gegenbewegung grapschte ich das Futter und drehte den beiden, wie sie Hand in Hand dastanden, den Rücken zu.

„Riley, komm! Ella hat Lenk, ich Du … ja, Nungen wird jemanden nach seinem Busch-Survival …" Ich schluckte, atmete tief ein dann aus, bevor ich es laut sagte: „Und für dich finden wir jetzt auch jemanden."

Der Ranger nickte anerkennend, hob den Daumen und winkte meinen Leuten zu.

„Wir brauchen ein bis zwei Stunden, da wir zu Fuß gehen. Die Tiere sollen durch aufbrausende Motoren nicht erschreckt werden." Er schaute auf die Uhr. „Länger nicht. Genießt das wilde Leben hier draußen", lachte er.

„Pass auf dich auf, mein Junge", vernahm ich noch, dann stellte ich meine Ohren auf Durchzug und ließ das hochlobende Geschwätz des Rangers zu seiner tollen Anlage an mir vorbeirauschen. Riley folgte uns fast bei Fuß.

Das Gebiet, durch das wir zogen, wird als das Rote Zentrum Australiens bezeichnet. Es ist rot, richtig rot. Der Sand, die Steine und nach kurzer Zeit sind auch Schuhe und Jeans rot.

Für viele Touristen war und ist der Kings Canyon, eine Sandsteinkuppel der Lost City mit der angrenzenden Oase des „Garden of Eden", die Hauptattraktion dieser Landschaft. Dorthin führte mich der Ranger nicht, schließlich sprach er nur von zwei Stunden wandern und nicht von zwei Tagen.

Hinter einer kleinen Hügelkette duckte er sich plötzlich, hielt den Finger vor die Lippen und deutete auf eine Herde, die im Schatten lag. Ich tat ihm nach und wir unterbrachen unseren Marsch geschützt unter einem Baum. Für einige Zeit der Beobachtung richteten wir uns ein. Er saß bequem, ich ziemlich angespannt. Riley hopste, trollte unbekümmert vor und zurück. Entweder wollte sie die Herde nicht entdecken oder es lag daran, dass kein Windhauch ihr den fremden und doch vertrauten Geruch von Kängurufell herüberwehte. Die Hitze stand über uns.

Ich schwitzte und fühlte mich bestätigt. „Lass uns endlich umkehren. Sie will nicht!"

Stumm tippte der Ranger mir auf die Hose.

„Was?"

Er führte Daumen und zwei Finger in einer Hin- und Herbewegung zum Mund. Von seinem Gesicht weg zum Kängururudel hin schleuderte er die Hand und öffnete die Finger.

„Bestechung!", ärgerte ich mich. „Sie soll allein, ganz allein, dort hingehen. Vielleicht gefallen ihr die Typen gar nicht."

Zornig fuhr er mich an: „Die Natur ist kein Wunschkonzert. Gib ihr den Anstoß. Sie ist kräftig und das Malo-Männchen ist gut!"

„Pah!", zischte ich Luft durch die Zähne. Widerwillig nahm ich ein Stück Trockenfutter aus der Hosentasche und kullerte es vor.

„Weiter! Schaffst du es nicht?! Versuch es! Wie bei einem Boomerang."

„Ich habe meinen nicht dabei."

„Gib her! Ich mach das. Du Wuieis!"

„Nein, bestimmt nicht!" Voller Wut nahm ich ein weiteres Futterkügelchen und warf es, so weit ich konnte, in die Richtung der dösenden Kängurus. Sie horchten auf. Riley war schon bei ihnen. Zuerst wirkten beide Seiten angriffslustig, dann neugierig schnuppernd, wieder ängstlich kampfbereit. Als sich ein großes Tier Riley zielstrebig näherte, erschreckte mein Känguru.

„Komm her!" Ich sprang auf.

Verstört preschte die Gruppe kreuz und quer durcheinander hüpfend davon. Riley mit ihnen. Nicht zu mir.

„NEIN!"

Ich raste los.

Das NEIN, das der Ranger mir hinterherbrüllte, erstickte der rote Staub. Eine kurze Strecke versuchte er, mir zu folgen. Schließlich rief er: „Junge, ich versteh dich. Lass dir die Zeit, die du brauchst. Was ist schon Zeit in Australien? Ich bleibe hier, komm zurück, sobald du kannst!"

„Da kannst du lange warten!"

Ich rannte und rannte. Die Herde entfernte sich.

Wildnis

Wie oft ich stürzte, zählte ich nicht mehr. Meine Kleidung hatte sich vollständig dem Gebiet angepasst. Die Kängurus waren fort, zusammen mit meiner Riley. Jeder Stein, jeder Busch, jedes verdammte rote Sandkorn sah gleich aus und doch ganz anders.

„Wo bin ich nur hineingeraten? Ist es wirklich so leicht, ein Känguru auszuwildern? Oder war es nur höchste Zeit?"

In Gedanken versunken wanderte ich über Hügel, Ebenen und Sträucher. Ich wusste nicht mehr, wo ich war. Es war mir auch egal. Vielleicht würde ich wirklich mit Nungen in den Busch gehen, vielleicht aber auch nicht. Oder doch? Vielleicht nur um es auszuprobieren. Aber tat ich das nicht schon längst?

Irgendwann sah ich einen auffälligen Baum vor einer roten Felswand stehen. Er war hoch gewachsen. Seine Äste hatte er zum Himmel ausgestreckt und es nur einigen Verzweigungen erlaubt, sich breitzumachen. Mein Blick wanderte von der Baumkrone hinab. In der Mitte seines Stammes lugte ein dunkler Bauchnabel.

„Hab ich einen Hunger", knurrte ich und schritt
dichter an den Baum heran. Der spärliche
Schatten des Holzes strahlte Kühle aus.
„Wenigstens das. Ein verwachsener Baumgeist
bietet mir seinen Schoß an. Du hast recht. Bevor
ich jetzt weiter über die nächste Gebirgskette
stolpere, … Was soll's?"
Erschöpft plumpste ich in seinen Schatten.

„Danke!" Meinen Kopf lehnte ich an den Stamm zurück und atmete tief ein und aus. „Diese Stille."
Fauchen ließ mich zusammenzucken und zugleich erstarren. „Schlangen!"
Die King Brown Snake war die gefährlichste auf diesem Kontinent. Genauso gut konnte es auch eine Python wie die Woma sein. Sie wollte nur giftig wirken, um sich vor Angriffen aus der Luft zu schützen.
„… und sich von den Lira-Schlangenmenschen nicht vergiften lassen", hatte uns Onemah einmal am Lagerfeuer erzählt. Sie war eher eine harmlose …
In Zeitlupe vergrößerten sich meine Augen.
„Eine … Würgeschlange!"
Ich zog den Kopf ein und die Schultern langsam hoch. „Nungen, was soll ich tun?", fragte ich, wen auch immer, und erstarrte. Eiskalt krabbelte mir der Schatten aus dem Baumloch den Rücken hinunter.
„Josh, Australien beheimatet die giftigsten Tiere der Welt!", meinte ich, die prahlenden Worte meines Freundes zu hören und dann sein Kookaburra-Lachen.
„Soll mir das Hoffnung machen?"

Langsam, ganz langsam drehte ich mich um.

Da war nichts. Das Loch war dunkel, schwarz und kühl, aber leer. Neben mir am Boden lauerte es. Keine Schlange. Eine Echse. Um genauer zu sein eine Tannenzapfenechse, Sleepy Lizard genannt. Ein fast 40 Zentimeter, schwarzbrauner Schuppenpanzer war nicht einmal einen halben Meter von meiner Seite entfernt. Das Maul des Reptils war weit aufgerissen. Aus dem hellrot leuchtenden Schlund in Form eines Dreiecks hing eine blaue Zunge heraus. Bedrohlich wirkte dazu die gelbschwarze Färbung seiner Unterseite. „Hey, Sleepy, ich tu dir nix. Wir sind beide harmlos, das weiß jeder. Wir sehen eben nur merkwürdig aus. Ich würde mich auch erschrecken, wenn der rote Stein neben mir plötzlich mit sich selbst spricht."
Langsam entfernte sich die Echse von mir.
„Gut so! Wenn du mich nicht beißt, beiß ich dich auch nicht. Obwohl …" Ich zog die Mundwinkel zu einer Seite. „Auf dem Speiseplan meines Aboriginefreundes stehst du als zweite Delikatesse direkt hinter …" Ich presste die

Lippen aufeinander. „… kleinen Känguruembryos."

„Ri-ley", litt ich.

Zugleich war ich jedoch froh darüber, dass wir sie damals nicht gebraten, sondern aus ihr eine richtige Kängurufrau gemacht hatten, die scheinbar flügge geworden war.

„Hey, Sleepy, hast du ein Embryo im Bauch, wie bald meine Riley eins haben wird? Trägst du dein Junges auch mit dir, so wie ich mein Baby wochenlang herumgeschleppt habe? Blöd, wenn man keine normale Echse ist. Da ist nichts mit Eierablegen und einfach feiern gehen, was?!" Ich dachte an das Riverfest. Damals wurden nicht nur Rennen gefahren, sondern auch unzählige Delikatessen angeboten. Mir lief das Wasser im Mund zusammen. „So ein gebratenes Spiegelei. Das wäre jetzt was Feines. Du isst lieber Käfer, nicht wahr?"

Ich seufzte. Mein Magen knurrte komisch.

Das war nicht mein Magen.

Aus dem Nichts tauchte ein Dingo auf. Sein Anpirschen hatte ich nicht bemerkt.

„Hey, Geist im Baum, hast du den etwa auch eingeladen?", fluchte ich. Mein Körper sammelte

sich. Jetzt war Vorsicht geboten. Die
Rückenhaare des Wildhundes waren aufgestellt,
die spitzen Ohren angelegt.

„Peach?"

Wie bei Peach war das Fell pfirsichbraun, vom
Bauch bis zur Schnauze mit weißen Haaren
abgesetzt. Das Tier schlitzte die Augen. Es
wedelte nicht mit dem Schwanz. Es fletschte die
Zähne. Gewaltige Reißer bleckten aus dem
Zahnfleisch. Dann erst entdeckte ich die anderen.
Mit diesem Dingo umkreiste mich ein ganzes
Rudel Peaches.

„Nungen, ruf deinen Hund zurück! Ich bin doch
kein Känguru … aber … leichte Beute." Sein
weißes Lachen stach aus seinem dunklen Gesicht.
Er stand mitten unter den pfirsichbraunen Tieren
und winkte mir mit seinem Boomerang zu.

„Bingo! … Du hier? Wir haben noch nicht
Dezember. Bist du etwa früher los?", klimperte
ich ungläubig mit den Augenlidern.

„Mensch Josh! Keine Zeit für Halluzinationen",
verscheuchte ich die Fata Morgana in Gestalt
meines Freundes. Der Blick umher zeigte:
obwohl diese Echse für ihre geringe
Fluchtneigung bekannt war, war Sleepy Lizard

zusammen mit Nungens Silhouette verschwunden. Sofort nahm ich den Ratschlag beider an; nur mit dem Unterschied, dass ich nicht am Boden blieb und einfach losrannte. So schnell wie in der folgenden Sekunde hatte ich in meinem ganzen Leben noch nie einen Baum erklommen. Das Bauchnabelloch in der Mitte des Stammes half mir dabei.

„Dujah, du wärst stolz auf mich."

In sicherem Abstand beäugte ich die kläglichen Versuche der Hunde, mir ins Bein zu beißen.

„Danke Baumgeist, dass du mich mit deinem Arm so hochhältst. Mach jetzt bloß nicht schlapp!"

Es knackte. Ein kleiner Zweig fiel zu Boden. Mir stockte der Atem.

Nach einiger Zeit ließen die Tiere von mir ab, verschwanden aber nicht. Sie lungerten im Schatten unter dem Baum und den Felsnischen. Ich blickte zurück in die Richtung, aus der ich gekommen war und lauschte. Ich lauschte.
Ich lauschte, als hätte ich alle Zeit der Welt.

Zeit

… nimm sie dir,

Um zu träumen,
um nachzudenken,
um zu lauschen,
…

dies ist dein Kapitel

Zeit … nimm sie dir

… dies ist dein Kapitel.

Dein Platz zum Malen, Schreiben, …

Der Busch

Wunderschön zeichnete sich der Sonnenball am Horizont ab. Mit seinen Strahlen schickte er die rotbraune Wärme über die Steppe und warf mir die langen Schatten der Sträucher zu.

„Nungens Busch. Wie ein Bilderbuch", schwärmte ich und versank in der unendlichen Weite. Die ganze Welt lag vor mir. „Ach, Dujah, könntest du es jetzt sehen."

Sie liebte es, mit mir eng umschlungen dahin zu starren - dahin, wo eigentlich nichts war und doch … alles.

Statt mit ihr Arm in Arm dazusitzen, umklammerte ich den Stamm und schmiegte meinen Kopf an seine harte Rinde. Ein paar Vögel hatten es sich in dem Astwerk über mir bequem gemacht und versuchten, mich zu unterhalten. Die Schatten wurden länger.

Weil meine Müdigkeit sie, ohne zu fragen, einließ, machte sich Kälte in mir breit. Immer noch lungerten die Hunde unter dem Baum. Ich wagte nicht, die Augen zu schließen.

„Zumindest krabbelt mir kein giftiges Tier ins Ohr, wenn ich schlafe. Mein Kopf liegt nicht am

Boden." Ich merkte hingegen, wie er immer schwerer wurde.

„Nicht nachgeben, Josh. Wenn dich hier oben kein Tier beißt, dann fall auch nicht runter", ermahnte ich mich, „auch das geht vorbei … Was ist schon Zeit in Australien."

Ich dachte an meine Aboriginefreunde, ihre heiligen Rituale und ihre Mythologie. Die Welt um mich herum veränderte sich. Vor meinem geistigen Auge malten sich die Landschaften ab, an denen ich vorhin unachtsam vorbeigerannt, geschlurft und zuletzt fast gekrochen war. Jeder Stein, auffällige Felsen, jede Quelle, von denen ich leider nur eine gesehen hatte, hatten ihren eigenen Schöpfer, ihre eigene Traumzeit. Die Traumzeit war nicht die Zeit zum Träumen, obwohl mir augenblicklich danach war. Sie erklärte vielmehr meinen Freunden, wie alles entstanden war, in welchem Zusammenhang es sich neu ausrichtete und nach welchen unausgesprochenen Gesetzen sie zu leben hatten. Durch besondere Zeremonien konnten die Aborigines mit den Figuren und der Traumzeit in Kontakt treten.

„Ach, Nungen, pass nur gut auf, wenn du hier draußen in den Busch kriechst. Lass dir alles erzählen. Könnte ich jetzt einen eurer Zaubergesänge, vielleicht könnte ich damit jemanden anrufen und mich orten lassen."

Tief schwarz war der Himmel. Die Sterne waren zum Greifen nah. Auch jetzt schwieg der Busch nicht. Das war nichts Ungewöhnliches. Für mich hier draußen auf diesem Baum schon.
Plötzlich horchten wir auf. Zuerst die Hunde, dann ich und zuletzt die Vögel. Es näherten sich Motorengeräusche.
„Endlich! Hier herüber!", rief ich. Die Vögel flatterten in die Nacht.
Schüsse fielen.
„Bleibt lieber, wo ihr seid", flüsterte ich, „hab´ euch nicht gesehen; hab´ euch nicht gerufen."
Pickups jagten um den Hügel und rasten direkt auf meinen Baum zu. Die Scheinwerferkegel waren durch Flutlichtmasten auf der Ladefläche der Autos verstärkt worden. Hätte ich nicht so hoch im Baum gesessen, hätte mein Schatten ein Monsterbild auf den roten Sand vor uns

geworfen. Das taten schon die Schatten der Dingos. Sie flüchteten.

Wieder fielen Schüsse.

Ausgerechnet unter meinem Baum hielt ein Wagen an, davor abrupt der zweite. Dieser setzte zurück, bis er auch nahe bei mir stand.

„Cooper!", hauchte ich. Ein Halbstarker aus dem Nachbarort. Ich erkannte ihn sofort. Damals waren wir zusammen mit dem Schulbus gefahren, noch bevor Lenk mich und Riley mit dem Auto zur Schule fuhr. Cooper war längst geflogen. Ich erinnerte mich genau. Es gab Zeiten, da prahlte er mit Sex, Drugs aber bestimmt nicht mit Rock ´n´ Roll. Tanzen ließ er nur die Leute, die nicht nach seiner Pfeife hüpften. Damals schon hatte er mit seinen Kumpels unten am Stuart Highway die Kamele von der Farm gemietet und die Tiere grölend über die Prärie gescheucht.

Was hatten sie alles zerstört?!

„Die Zeiten ändern sich, vielleicht die Fahrzeuge … die Typen niemals!", dachte ich und verhielt mich mucksmäuschenstill.

„Ist es dem Herrn hier recht?", rief Cooper von der Ladefläche des vorangepreschten Fahrzeugs herüber.

„Ich muss halt mal. Also warten, sonst piss ich dir aufs Dach." Ungeniert zeigte einer der aufgeladenen Jungs, was seine Jeans zuvor verbarg. Im Rampenlicht schoss ein uringelber Strahl durch die Luft.

„Man stehst du so unter Druck", machte sich Cooper über ihn lustig.

Seine Freundin, die er energisch an seine Brust gedrückt hatte, kicherte.

„Du solltest nicht so viel Bier saufen, wenn du es nicht wegstecken kannst, du Weichei!", raunzte er ihn an und steckte dem leicht bekleideten Mädchen die Zunge in den Hals. Augenscheinlich schmolz sie unter seinen Berührungen dahin.

„Was alles hatte er mit wem alles schon gemacht?", fragte ich mich und Neid war nicht die richtige Beschreibung für die Emotionen, die ich empfand.

„Was willst du? Das war der Tropfen Zielwasser zu viel, klar?! Genau der, der dir fehlt", verteidigte sich der Angeraunzte und grinste hämisch über die Schulter.

Getroffen stieß Cooper das Mädchen von sich und riss ihr etwas aus der Hand. „Um bei einem toten Stück Holz ins Loch zu treffen? Lächerlich.

Hier fang!" Zwei Bierdosen flogen gleichzeitig
zu ihm herüber.

Der Pinkler war irritiert und fluchte, als er sich
die Tropfen von der Hose schlug. Lauthals
lachten die übrigen.

Ich musste grinsen, rührte mich aber nicht.

Schon zündete sich der Breitschultrige, der neben
ihm auf der Ladefläche stand, eine Zigarette an
und blies den Rauch hoch in die Luft.

„DA!" Ein Aufschrei durchschnitt die Nacht. Ich
versteinerte sogar in der Atmung.

„Jetzt haben sie mich", fürchtete ich, umso
erstaunter war ich, als ich ihren Blicken folgte.

Im Scheinwerferlicht sprang ein Känguru davon.

„Los!", schrie Cooper und schlug mit der flachen Hand auf die Fahrerkabine. Die Wagen heulten auf und rasten los. Unter dem Gelächter der anderen stürzte der Raucher auf die Ladefläche und fluchte wie sein direkter Nachbar, der krabbelnd nach einem Gewehr griff. Sie verschwanden in der Richtung, aus der ich gekommen war.

„Puh", pustete ich die Anspannung heraus. „Hoffentlich rafft euch ein Roll-Over dahin, bevor ihr das Känguru …" Ich schluckte. „Mein Känguru?" Ich schüttelte den Kopf. „Nein, bestimmt nicht."

Die Schüsse entfernten sich. Ich umklammerte einen Ast, verdrängte meine Sorge und versuchte zu schlafen.

Die weiteren Stunden der Nacht verliefen wie meine letzte daheim. Jedes Geräusch riss mich aus dem Dämmerschlummer. Und Australien hatte viele Geräusche, sogar oder gerade, weil es Nacht war.

In der Ferne heulten Dingos. Gänsehaut überzog meinen Körper.

Traumzeitwesen

Endlich. Die Sonne erhob sich und kroch über den Hügel. Das war die Richtung, der ich folgen musste. Von hier oben konnte ich die Wagenspuren leicht erkennen. Langsam stieg ich vom Baum. Vom Astloch in seiner Bauchmitte lief ein feuchtes Bächlein zu Boden.

Mein Fuß wich zur Seite, als ich etwas Hartes unter der Sohle spürte.

„Was jetzt?", fragte ich mich und zwang all meine Sinne zur Vorsicht, während mein Blick nach unten wanderte.

Zuerst entdeckte ich einen Dornenteufel, eine andere harmlose Echse. Diese konnte aus der feuchten Luft der Nacht über ihre Haut Wasser aufnehmen. Sie musste also niemals trinken. Auf sie war ich nicht getreten.

Schon sah ich, was so fremd hier in der noch unberührten Natur herumlag.

„Super, Cooper!" Erleichtert und wütend zugleich kickte ich die leere Bierdose beiseite. Dabei verlor sie das, was ihr die nächtlichen Besucher an Flüssigkeit gelassen hatte.

„Soll ich?" Ich spürte den Brand, den meine trockene Kehle verursachte.

„Warum nicht?" Hastig wischte ich den Lippenstift von der Öffnung der Dose und trank.

„Nicht schlecht", staunte ich. Doch im nächsten Moment spuckte ich, was das Zeug hielt.

„UAHH! Wer hat sich denn darin verkrochen?" Samt Bier kippte ich aus, was die Dose an festen Panzerkörpern beinhaltete. Zuerst wollte ich sie auf das krabbelnde Ungeziefer werfen, erinnerte mich prompt an Nungens Worte, wie nützlich alles sein kann.

„Jouw, vor allem so eine Bierdose."

Schon malte ich mir aus, wie ich als weißer Aborigine meinen Kopf auf diesem außergewöhnlichen Kissen betten sollte; vorausgesetzt ich würde noch weitere Nächte hier draußen verbringen müssen und nicht ein neues Cooper-Taxi oder so einen netten Baum finden, wie in der letzten Nacht.

„Egal, und nur, wenn ich mir damit irgendwo mein Fläschchen frisch gezapftes Tümpelwasser für unterwegs mitnehmen kann", gab ich meinem Freund in gewisser Weise recht und beschloss, nicht allein weiterzuziehen.

Gleich im nächsten Schritt berührte mein Fuß das zweite gute Stück. Ich schüttelte den Kopf.

„Das könnte einen Waldbrand auslösen", freute ich mich über die Ironie des Schicksals und steckte das Feuerzeug zu Rileys letzten beiden Leckerlis.

Einen Moment lang zögerte ich.

„Leckerli? Auch egal jetzt, immer rein damit! Ist nur gepresstes Grünzeug und krabbelt nicht auf der Zunge."

So schlecht schmeckte es nicht, hielt aber leider nicht lange vor. Dennoch schaffte ich es, eine gewisse Strecke in der Einöde zurückzulegen.

Die Sonne brannte mir mittlerweile so stark auf den Hut, dass ich einen Schattenplatz aufsuchte. Die Richtung, in der ich weitergehen musste, behielt ich im Auge. Grillen, Grashüpfer, eher Heuschrecken, zirpten um mich herum. Ich schlug nach ihnen, waren sie doch ziemlich aufdringlich geworden. Flink hatte ich ein Exemplar in meiner Faust.

„Oh, nein! Wie tief kann man sinken?"
Meine Urinstinkte meldeten sich. Mein Magen knurrte: „Was soll´s?"
Nungen hatte es mir mal gezeigt. Ich versuchte es. Mit einiger Überwindung quetschte ich den Kopf zwischen Daumen und Zeigefinger. Dieses kitzelnde Kribbeln erstarb sofort.

„Nur noch ein Biss und gut kauen", würgte ich, aber zwang mich dazu. Als Stunden später der Hunger so groß war, aß ich gleich drei auf einmal. Diesmal röstete ich sie vorher über dem Feuerzeug.

Eine neue Nacht kroch heran. Mit fortgeschrittenem Sonnenuntergang war meine Sehnsucht auf die Größe von ganz Australien angewachsen.

102

Und Australien war und ist groß. So groß, dass man tagelang unterwegs sein konnte, ohne auch nur irgendeinen Menschen in dieser Wildnis zu treffen. Im Nachhinein stellte ich fest, dass ich immer eng an den Campingplätzen der Touries vorbeigelaufen sein musste. Ich hatte keinen von ihnen getroffen. Glücklicherweise traf ich auch keinen wilden Dingo mehr, leider auch nicht meine Riley. Die vorbeispringenden Tiere waren scheu und an mir nicht sonderlich interessiert.

Nachdem ich die Steppen hinter mir gelassen und auffallende Steinformationen aufgesucht hatte, stieß ich am nächsten Tag immer wieder auf kleine Wasserlöcher.
„Die Gestalten der Traumzeit müssen mir gnädig sein und führen mich rechtzeitig hier hin, bevor ich verdurste."
Ich hatte verdammtes Glück in dieser Wüste. Denn ich fand etliche von diesen Passionsfrüchten, die einmal aus der Ballonhülle gepellt besser schmeckten als Heuschrecken, obwohl ich zugeben musste, dass einige von ihnen unreif waren.

Immer noch hoffte ich, an den einzelnen Wasserreservoirs zwischen den Felsnischen mein trinkendes Kängurumädchen zu erblicken.

Vergebens.

„Bin ich allein auf diesem Kontinent?", schimpfte ich darüber, auch keiner Menschenseele begegnet zu sein. Wütend kickte ich einen Stein ins Wasser und irritierte damit einen Fisch.

„Du bist kein Steinfisch. Nicht im stillen Gewässer. Und aussehen tust du auch nicht wie einer. Bist du trotzdem so giftig? Mum hat immer Fisch gemacht. Das war gut für ihre Linie! Soll ich jetzt etwa? Im tiefsten Australien? Hier an diesem Ort? Nungen, sag schon: essbar?"

Ich dachte an die Badenden der Küsten Australiens, die barfüßig in die Stachel des Steinfisches traten. Das eintretende Gift warf Blasen auf ihrer Haut, drang weiter ein und führte zu Lähmungen, Atemstillstand, Tod durch Herzversagen. Ein Schauer lief meinen Rücken hinunter.

„Und?" Nungen schwieg. Die Kreise, die mir sein Gesicht so real gezeigt hatten, weiteten sich auf der gesamten Wasseroberfläche aus, gaukelten mir an einem hineinragenden Stein das Lächeln meiner Mutter vor und verschwanden allmählich. Es blieb der kleine Teich. Er erstreckte sich in der Linie meines Weges, war geschützt und wohl deshalb nicht vertrocknet. Die eine Seite lag unterhalb eines großen roten Felsens. Sie war mit Steinbrocken gesäumt.

Auf der anderen Seite malte das Ufer im Schatten unter den Bäumen den Kontrast zur europäischen Vorstellung von: „Juhu, ein Sandstrand". Bei mir jedoch löste er genau dieses Gefühl aus.

„Endlich mal ein Strand, der nicht in der prallen Sonne liegt. Tja, Mum, hier hättest du das Klima, was du wolltest. Hättest du mal länger gesucht. Hier hättest du bleiben können. Wie leicht ist es also, in Australien heiße Felsen, Steppen und Straßen zu meiden, wenn man will. Ich bin hier. Wasser gibt es genug. Es ist auch nicht so stürmisch wie an deiner See. Dein Haar zerzaust hier nicht."

Ich lüftete meinen Hut und spürte meine blonden, schweißdurchtränkten Haare.

„Wer die Hitze nicht abkann, muss eben gehen." Traurig starrte ich ins Leere. Wie oft hatten wir Urlaub im Osten an der Gold Coast bei Brisbane gemacht, damit sie aus der Einöde in die

sogenannten Betonburgen kam und das Mallorca
von Australien genießen konnte. Das war ihr auch
nicht recht. Mir hatte es gefallen, auf eine Art,
und auch wiederum nicht.

Mein Blick stierte auf das stille Gewässer, auf
den Stein mit seinem ockerfarbenen Haupt.

„Ist das dort eine Trichternetzspinne? Auch hochgiftig. Hier? Ihr liebt die Filter der Hotelpools. Josh, Abstand halten, ist der beste Schutz. Das schützt vor Missverständnissen." Onemahs Stimme drang durch die Luft zu mir. „Mein Junge, sieh dich um. Du bist mitten in unserer Welt. Jeder Aborigine weiß es. Er entdeckt die Wesen der Traumzeit in ihr, in den Naturgestalten oder in einem Tier. Nicht alle sind gut. Und doch: für jeden irdischen Aborigine gibt es den Geist, für den er sich verantwortlich fühlt, den er zu hüten, zu schützen und zu pflegen hat. Es ist wie bei uns, Lenk und mir, die wir uns um die Schafe kümmern. Auch du findest deinen Geist der Traumzeit irgendwann. Vielleicht steckt er sogar in so einem gefräßigen Tier, wie es deine Riley ist. Sieh dich um und spüre die Wesen unserer Mythologie."

Riley sah ich nicht, nur den Fisch und die Felskombination um mich herum.

„Das hier ist ein heiliger Ort. Nein, diesen Fisch darf ich nicht essen. So oder so. Sicherlich steckt in dir ein wiedergeborener Aborigine."

Ein schwarzer Vogel krähte und setzte sich auf einen Stein zu meiner Seite. „Du stimmst mir zu? Bist du auch einer von ihnen?"

Er trank.

Ich war mir sicher: „Er ist einer von ihnen." Meine Freunde malten Bilder von dieser Mythologie auf ihre Didgeridoos. Dujah konnte wunderschöne Fische und Vögel zeichnen. Schlangen und Kängurus waren auch dabei.

Ich stand auf und schlenderte ein Stück am Wasserloch entlang. Neben einem Baum hob ich das von Termiten ausgehöhlte Holzrohr auf und betrachtete es.

„Nicht schlecht. Ich könnte sie rufen." Geschwind löschte ich noch meinen Durst, füllte die Bierdose mit dem kühlen Nass und nahm wieder im Schatten Platz. Das unbehandelte Didgeridoo gab komische Laute von sich.

„Fehlt ihm nicht das geformte Mundstück? Oder liegt es wirklich nur an der Malerei?" Ich versuchte es weiter. Die Töne wurden besser, je länger ich übte. Sie klangen nicht wie die meiner Dujah.

Wie ich so dasaß, hineinblies, alles und nichts beobachtete, überkam mich mit Schrecken, dass ich den Teich nicht auf Krokodile abgesucht hatte.

„Nicht alle sind gut, Josh."

Nungen erschien vor meinen Augen, diesmal in voller Größe. Er sprang auf wie damals und kämpfte mit einem erdachten Monstrum.

„Hier sind ja keine von denen", nahm ich mir die Angst, „da gibt es schlimmere Ecken, wie … wie die Süßwassergebiete um den McKinley River herum. Ach, das ist ganz hoch im Norden. Vielleicht ein paar Krokos bei Queensland und in Teilen von Western Australia. Etwa hier mittig? Im Roten Zentrum?"

Ich blickte mich um. Nungens Lachen hämmerte in meinem Kopf.

„Während der Regenzeit wandern sie mit den Überflutungen auch weit ins Innere des Landes. Sie bleiben dann dort, wo sie noch Fische, Vögel, Echsen und so etwas finden. Erst, wenn das Wasser versickert … Das tut es hier nicht, sonst wäre hier schon längst Ebbe."

Jetzt stand ich auf und scannte die einzelnen Felsnischen, Vorsprünge und den umgekippten Baumstamm hinter mir.

„Aber solange ich nichts Verdächtiges höre …"

In meinem Rücken schoss es aus dem Gebüsch.

„… und wenn doch, ist es meist zu spät!"

Wie von einer Kanone vorwärts geschossen, raste ich los. Ziemlich knapp am Ufer entlang rannte ich über die Steine und achtete auf jede Bewegung im Wasser.

„Du bist allein? Oder jagt ihr im Rudel?", hoffte ich, nicht von einem schwimmenden Kollegen attackiert bzw. ihm direkt ins Maul getrieben zu werden.

Ein Zisch-Platsch-Ruhe-Geräusch hinter mir sagte, dass, wenn es ein Krokodil gewesen war, es jetzt abgetaucht sein musste. Gesehen hatte ich keins. Zurückkehren und gemütlich am Strand sitzen wollte ich auch nicht mehr. Somit setzte ich meinen Weg über den heißen Sand weiter fort gen Osten.

An diesem Strand hatte ich zumindest vorher noch meinen Durst löschen können, den Hunger nicht.

Im weiteren Verlauf meiner Reise heimwärts, denn die Suche nach Riley hatte ich wohl oder übel aufgegeben – die Hoffnung aber nicht – zapfte ich immer erst nach vorheriger Kontrolle meine kühlen Erfrischungsgetränke … und das nur, wenn ich mir ganz sicher war. Baden wollte ich auf keinen Fall.

„Nicht wahr Nungen: Lieber schwitzen, als im Krokoleib sitzen. Roter Staub bringt einen nicht um", schmunzelte ich. Dann wurde ich melancholisch: „Ach, Dujah, werde ich dich wiedersehen? Heiraten? Vielleicht. Was macht ihr eigentlich? Sucht mich keiner?"

Loslassen

Ohne, dass ich damit gerechnet hatte, sah ich am
nächsten Tag eine Gruppe von acht bis zehn
großen Tieren auf der Steppe grasen. Langsam
pirschte ich mich heran. Wie bei meiner Riley
futterten sie, was ihnen nahrhaft erschien.
„Hier kennst du dich aus."
In Gedanken fühlte ich ihre weichen Mäuler mit
den feinen Härchen an meinem T-Shirt knabbern,
spürte den warmen Atem auf meiner Haut und
war glücklich in der Erinnerung daran.
„Was würde ich dafür geben, dich noch einmal in
den Armen zu halten", träumte ich. „In deinen
dunklen Augen würde ich versinken. Deine
langen Wimpern würden mir dieses Kindliche,
dieses Unschuldige zuspielen, mit jedem
einzelnen Aufschlag. Deine Härchen hinter den
Ohren würde ich durch meine Finger gleiten
lassen und all die schlechten Gedanken wären
fort."
Direkt neben dem großen Männchen meinte ich,
Riley in einem der Känguruweibchen
wiederzuerkennen. Sie spielte mit dem

Gleichgesinnten und ich merkte, dass nicht ICH derjenige war, dem sie ihr Herz geschenkt hatte. Mir hatte Dujah ihr Herz geschenkt und ihre Liebe zu mir war eine andere als die, die ich für unseren Zögling empfand.

Ich tastete in der Tasche. „Mist." Womit konnte ich sie jetzt noch locken?

Immer auf der Hut rollten die Kängurus mit ihren Ohren und horchten in die unterschiedlichsten Richtungen. Auch Riley, wenn es Riley war, war in ihrem Verhalten nicht von ihnen zu unterscheiden.

Ich seufzte tief und versuchte, meinen Gedanken Vernunft zuzusprechen: „Komm schon, Junge. Ich weiß, wie du dich fühlst. Aber es ist besser für alle … Sie ist nicht dumm und weiß, was richtig ist – genau wie du." Lenk und Ella´s Worte vermischten sich mit meinen. Ich schüttelte den Kopf.

„Was wisst ihr eigentlich von meinen Gefühlen? Ihr habt doch nur eure im Sinn." Meine Nase sog die Schwere der Luft ein und stotterte dabei.

Plötzlich drückten sich unaufhaltsam wehmütige Geräusche aus mir heraus.

Die Kängurus witterten mich.

Mein Schluchzen kam einem Startschuss gleich und sie hüpften davon.

„Riley", rief ich verzweifelt hinterher. Keins der Tiere blieb stehen.

Ihre kräftigen Hinterläufe drückten sich vom Boden ab. Der Schwanz ruderte und steuerte ihre Bewegungen. Der Oberkörper war vornübergebeugt. Die Vorderpfoten hingen schlaff herab, ein wenig eingekrallt die Hände, wie meine. Ich sackte zusammen. Sie hingegen preschte nach vorn. Diese Riley sah aus, wie die anderen Tiere der Herde. Mit jedem Aufsetzen schien der Boden unter mir zu erzittern. Meine Knie taten es.

Mit jedem Sprung machte sie Meter für Meter und raste über das weite Land, das vor ihr lag.

„Sie ist eben kein Schaf."

Trotzdem ergab ich mich meinem inneren Zwang und rannte ihr nach.

„Riley, warte! Komm zurück! Komm …
zu…rück!"

Irgendwann gab ich auf.

„R III L EY!" Meine Trauer schrie ich über den ganzen Kontinent.

„RIIIL-ey." Es tat so weh.

Doch: „Sie haben recht. Du gehörst hier hin. Pass ja auf dich auf!"

Meine Tränen flossen. Unter Schluchzen gab ich der Erschöpfung nach, brach zusammen und blieb einfach liegen.

Leere umgab mich.

Es dauerte eine Weile, bis ich mich berappelte und merkte, dass sich Fliegen an meinen Tränen tränkten. Ich klimperte mit den Augenlidern. Riley war wirklich flügge geworden. Das war ihr Leben. Sie hatte es sofort verstanden. Schnell hatte sie sich entschieden.

„Ich muss mich damit abfinden.

Hatte ich ihr genug beigebracht?

Vielleicht war sie gar nicht unter ihnen. Sicher hab´ ich mich getäuscht. Sie wäre zu mir gekommen. Ganz bestimmt sogar!"

Ein leichter Wind berührte mein Haar. Der Hut lag neben mir und fing die letzten Strahlen der Sonne ein, anstatt mich vor ihnen zu schützen.

Ich dachte an Mum, wie sie sich damals entschieden hatte, aus dieser unendlichen Weite Australiens fortzuziehen und wie sie dem plötzlich aufgetauchten Touri in ihre alte Heimat gefolgt war. Ihre Sehnsucht nach der Enge der Großstadt und dem Klima dort hatte gesiegt, auch wenn sie einiges aufgeben musste. Sie konnte und wollte sich diesen Lebensumständen nicht anpassen, so schrieb sie es mir in unzähligen Briefen.

Ich spürte den Sonnenbrand auf meinen Armen und sah die Sonne gelbrot sinken. Wieder hatte ich einen Tag im Busch geschafft. War ICH hier zu Hause?

„Ich muss weitergehen", raffte ich mich auf und folgte der roten Sandspur.

Lange Schatten warf meine Silhouette in die Richtung, in der ich erwartet wurde. Wurde ich erwartet?

Ich packte den Hut, strich mir den Sand von der Kleidung und streichelte meinen Arm. Meine Finger berührten Dujahs Freundschaftsbändchen an meinem Handgelenk. Ein weißer Strich malte sich darunter ab.

„So dunkel wie deine Haut wird meine niemals werden, egal wieviel Sonne mir auf den Pelz brennt", schmunzelte ich und sah sie in ihrem Kleid neben mir gehen.

„Ja, Dujah, du hast mir auch unzählige Briefe geschrieben. Nur deine waren parfümiert und zwischen den Zeilen habe ich eindeutig verstanden, worauf du hinauswillst. Von Auswandern nach Europa … keine Spur mehr. Nur eins scheint dir immer wichtiger zu werden. Lass uns warten, bis wir uns ganz sicher sind. Ihr habt eure Gesetze. Frag Onemah! In diesem Punkt ist er auf meiner Seite."

Vielleicht hatte ich seine Ansicht auch nur schützend vorgeschoben, um diesen Schritt hinauszuzögern. Hatte ich nur Angst davor, mich zu verändern?

„Weißt du, möglicherweise könnte ich mich wie Cooper verhalten, der seine Mädchen wie Unterhosen wechselt. Deshalb will ich über unsere Küsse und Berührungen nicht weiter hinausgehen", hatte ich erklärt.

Dujah glaubte nicht, dass ich mich so ändern würde. Sie glaubte auch nicht, dass ich zu meiner Mum nach Deutschland gehen könnte. Trotzdem schwor sie, mir die Zeit zu geben, die ich brauchte – denn was war schon Zeit in Australien? Noch wollte sie warten.

„Und wenn nicht mehr?", fragte ich mich, „was, wenn ein einheimischer Aborigine aus seinem Busch-Survival kommt und sie einfach zur Frau nimmt? So wie Nungen bald. Wie würde Onemah entscheiden? Ich bin ein gebürtiger Europäer."

Da gab es dieses ungeschriebene Gesetz bei ihnen.

„Sicher. Ich würde mich genauso elend fühlen wie jetzt. Schlimmer noch. Vielleicht wie Mum damals, als ich bei Dad blieb. Oder wie Dad selbst."

Wage erinnerte ich mich daran, dass auf der anderen Seite Dad tagelang nichts mehr aß, bis Onemah ihn zu sich einlud und Freundschaft mit ihm schloss.

Mein Magen knurrte.

„Ja, Dad. Alles hat zwei Seiten", dachte ich, „du hast es auch akzeptiert und dein Leben neugestaltet, so wie ich meinen Weg machen musste. Irgendwann tauschst du das Foto im Pickup schon aus. Da bin ich mir sicher."

Ich spürte sein Schulterzucken, wie er wortlos neben mir durch den Sand schlurfte. Auch jetzt hätte ich ihn gerne sprechen hören. Aber er schwieg.

Beim Fest in Alice Springs hatte ich ihn endlich wieder lachen und tanzen sehen. So glücklich war er nach all den Jahren und so schwermütig stand er vor ein paar Tagen mit Ella Händchen haltend am MacDonnell Ranges, als ich mit Riley in den Busch zog.

„Was denkst du gerade?"

Ganz wie Dad zuckte ich mit den Schultern und schwieg.

Der letzte Sonnenstrahl krabbelte über den Boden und zeigte nach vorn. Nicht weit vor mir sah ich es.

Ein niedergestrecktes, etwa ein bis zwei Jahre altes Geschöpf lag auf dem roten Sand. Wie damals blutete es. Wilderer, keine Wildhunde hatten es auf dem Gewissen. Ich sah die Reifenspuren mehrerer Geländewagen, wie sie hier ihre Kreise gedreht hatten. Leider hatte ich sie von meinem Baum aus nur bis zu einer Weidefläche verfolgen können, da sie sich dort urplötzlich aufgelöst hatten.

Das Känguru vor mir atmete nicht mehr. Viele schwarze Fliegen hatten es schon befallen und nagten an ihm herum.

„Riley?"

Erleichterung machte sich breit. Schlaff und dennoch beeindruckend war das Geschlechtsteil des Kängurus nicht zu übersehen. „Ein richtiges Malo-Männchen." Ich atmete auf. Gleichzeitig kämpften meine Gefühle.

„Was soll's. Du bist eh schon tot." Mein unerträgliches Magenknurren lieferte schlagkräftigere Argumente.

„Josh, solltest du weiterhin nur die paar kleinen Heuschrecken essen, bist du auch bald so tot." Nungen tanzte vor mir herum und wies mich anzupacken.

In dem Kängurubeutel brauchte ich nicht nachzusehen, war doch seine Hautfalte kein Uterus wie bei einem weiblichen Tier. Stattdessen griff ich in meinen Beutel, meine Hosentasche.

Die Krümel der Leckerli-Reste verzierten die Oberfläche des Feuerzeuges.

„Es zündet noch. Cool, Cooper! Aber nicht hier. Zu viel Gestrüpp."

Ich suchte mir eine Stelle mit sandigem Untergrund. Zum Felsvorsprung schleppte ich Sträucher, Äste und das Malo-Männchen herüber. Nach Aborigine-Ritual fackelte ich zuerst die Haare ab und legte dann den abgetrennten Teil in meinen zusammengeschusterten Erd-Steinofen zum Garen.

Stunden später war ich so satt.

Das schlechte Gewissen machte sich breit, während ich an die Felswand gelehnt in das tanzende Feuer hineinstarrte, das ich mir für die Nacht hoch aufbereitet hatte.

Von irgendwoher flüsterten Onemahs Worte in mein Ohr: „Josh, mein Sohn, tun konntest du für dein Geschöpf der Traumzeit nichts mehr. Ganz anders als bei deiner Riley, der du die Freiheit schenktest, indem du sie danach erzogen hast. Zurechtkommen muss sie ganz allein. Das wird sie auch. Vertraue deinem Einsatz. Getötet hast du dieses Känguru nicht, obwohl wir wirklich in Australien so viele von ihnen haben, dass es nicht schadet. Also ziehe ruhigen Gewissens den Nutzen aus deinem Fund. Sei dir bewusst, was die Natur dir hiermit schenkt."

„Meinst du?", fragte ich die Rauchsilhouette vor mir, die ihm tatsächlich ähnelte. „Hoffentlich überkommt mich nun die Kraft von diesem Malo. Ja, Onemah, dann wird aus deinem Wuieis ein echter Mann. So, wie du ihn dir für deine Dujah gewünscht hast."

Ein Wuieis war ich nun wirklich nicht mehr. Das wusste ich und bald auch Onemahs Sippe. Was ich nicht wusste, war der genaue Wochentag, an dem ich das erste Auto wie eine Termite über den Stuart Highway flitzen sah. Fast eine ganze Woche war ich bei Sonnenaufgang dem

Leuchtball entgegengegangen, hatte ihn mir mittags auf den Hut brennen und mir von ihm abends lange Schatten in Richtung Heimat werfen lassen. Der natürliche Kompass hatte mich immer weiter nach Osten aus dem Gebiet des wilden Australiens herausgebracht.

Der Touri

„Endlich!" Meine Füße berührten den Stuart Highway. „Willkommen, zurück in der Zivilisation. Hier spielt sich dein wahres Leben ab - Wirklich?"

Ich dachte über meine Worte nach und schlurfte die Straße Richtung Alice Springs hinauf. „Jetzt müsste nur noch ein Bring-mich-heim-Taxi an mir vorbeirauschen. Bitte nicht Cooper!"

Soweit ich den Stuart High hinauf- und hinunterblickte, ein Auto sah ich nicht.

„Was soll das? Haben sich alle gegen mich verschworen?" Meine Füße schmerzten. Die Beine taten weh. Durst und Hunger hatten sich in mir breitgemacht.

„Warum sucht mich keiner? Oder haben sie mich schon abgeschrieben? … Wie spät ist es wohl?" Mein Blick zur Sonne ließ mich drei oder vier Uhr nachmittags schätzen. Von hinten herannahend hörte ich Wagengeräusche und drehte mich um.

„Yeah!", jubelte ich, als er anhielt. Was hatte er auch von mir zu befürchten?

Ein dicker Mann saß hinter dem Steuer. Radiomusik trällerte aus dem Inneren so laut, dass er mich im gebrochenen Englisch anschrie: „I drive into town. Alice Springs, you know. Can I pick you up?"

„Gern!", strahlte ich und stieg in seinen Pickup. Er stellte die Musik leiser, machte sie jedoch nicht aus. „Oh, moderne Töne", sagte ich und dachte an meine vergangene Woche voller Naturklänge.

„Junge, du sprichst deutsch? Hervorragend! Aber wie siehst du aus? Wo kommst du denn her? Ganz rot die Klamotten und die Fingernägel schwarz. Heiliger Bim-bam."

Mein Nicken übersah er. Wie recht er hatte mit der Farbnennung der heiligen Elemente Australiens. Schwarz stand für das Element Erde und kam von der Asche des Lagerfeuers her. Es zeigt die machtvolle Kraft, die davon ausgeht. Rot steht für das Blut in beiderlei Hinsicht und setzt im Gemisch mit Ocker magische Energien frei, die der Aborigine mit der Traumzeit verbindet.

Diesem Mann fehlte in seiner Nennung nur noch gelb und weiß für den Rauch des Geistes, der zu gegebener Zeit in den Himmel aufsteigt. Das wusste der Touri bestimmt nicht.

„Junge, Junge. Wo nun? Disco wohl nicht, obwohl du dein Döschen dabei hast." Er grinste mich breit an.

„Die war mit Wasser gefüllt."

„Ja, ja. Ockergelbes Wasser. Bin ja nicht dein Vater. Leg sie vorn in den Müllsack. Wir wollen doch die Umwelt sauber halten", zwinkerte er mir zu. „Wo nun?", fragte er mich.

Ich zuckte mit den Schultern.

„Tja, wo nun gehöre ich eigentlich hin?", dachte ich laut, als ich sein kariertes Hemd betrachtete.

Er stutzte.

„Vergessen Sie´s. Nördlich von Alice Springs komme ich her. Gebürtig aus dem Norden von Deutschland. Sie auch, nicht wahr?"

„Nicht ganz. Aber wenn ich mir die Weiten hier anschaue, wohne ich direkt am Norden. Wir haben jährlich auch so ein großes Fest wie ihr in Alice Springs. Hab´ ich leider verpasst bei euch. Schön, dass wir etwas später dran sind im Jahr. Oktoberfest, schon mal gehört? Wenn ich Glück hab´, bin ich rechtzeitig zum Feiern zurück." Er lachte.

„Sie sind auf Urlaub hier?"

„Zuerst wollten wir eine Rundreise buchen. So
mit Bus-Sight-Seeing, anschließend Strandwoche
und Animation. Party, Party, jeden Tag Party.
Aber ich hab mich für den Rucksack entschieden.
Das passt besser, fand ich – meine Frau nicht. Sie
blieb daheim. Für mich: endlich Freiheit im
wilden Australien."

Er lachte erneut, jedoch diesmal verbitterter.

„So spielt die Ehe. Hast du eine Freundin? Sie ist
wohl auf deiner Wellenlänge, oder?"

Ich nickte und hob die Schultern zugleich.

„Passt schon, passt schon, mein Junge. Wirst dich
noch früh genug binden". Undefinierbares
Lachen rollte aus seinem Wanst. Verkrampft
umklammerte er das Lenkrad, ließ die Hände auf-
und abgleiten. Dann fasste er wieder fest zu.

Ich lehnte mich im Sitz zurück, blickte in den
Außenspiegel und starrte in die Weite, die hinter
mir lag.

Ich dachte an Dujah, an zu Hause und an mein
Bett auf der kleinen Farm irgendwo nordöstlich
von Alice Springs. Steppe, Sträucher, Büsche,
roter Sand rauschten an mir vorbei. Nur die
Melodie, die aus dem Radio trällerte, passte nicht
dazu.

„Soll ich die Musik ausmachen?", fragte er mich,
als stünden mir meine Gedanken auf der Stirn
geschrieben.

„Nee, nee, schon okay", log ich.

Obwohl ich sie vor ein paar Stunden noch so
verflucht hatte, wollte ich jetzt nur meine Ruhe.

Das störte ihn nicht.

„Wie heißt du, Junge?"

„Joshua."

„Ich bin Waldfried. Witzig oder? Da haben sich meine Eltern mal was Feines einfallen lassen. Wir leben nämlich direkt in der Großstadt und haben so gut wie nix mit dem Wald zu tun. Außer, dass unsere Möbel aus echtem Holz gezimmert sind. Muss auch sein, bei meinem Gewicht. Wenn ich mich ins Bett schmeiße, dann …"

Sein Lachen ging mir langsam auf die Nerven. Was hätte ich für Nungens Kookaburra-Lachen gegeben?! Ich lächelte höflich.

„Fährst du auch schon Auto, Kleiner. Hier im Busch übt ihr das sofort, oder? Ganz bestimmt!" Er musterte mich. „Etwa nicht? Hör doch auf. Mir erzählst du keine Märchen. Was kannst du hier schon kaputt machen?"

Ich starrte ihn an, dann auf die Tachoanzeige. Meine Augen wanderten das Armaturenbrett entlang, bis sie wieder aus der Windschutzscheibe stierten. Ihm entging meine Haltung nicht. Er sprach unbeirrt weiter: „Das ist ein Mietwagen, Junge. War spottbillig, solltest du dir einfach mal, so irgendwann, wenn du mal Geld hast …"

„Ja, ja, Mietwagen gibt es hier überall. Billig?
Keine Ahnung." Ich schwieg.

„Hey Joshi, schau mal!"

So durfte mich nur eine nennen und ganz
bestimmt nicht er. Trotzdem folgte ich seiner
Anweisung. Das Schild zur Kamelfarm fixierte
seine Aufmerksamkeit. „Hast du das schon mal
gemacht?"

Ich schüttelte den Kopf.

„Brauch ich auch nicht", sagte er, „schließlich
habe ich mir extra dieses
Allrad-Offroader-Geschoss gebucht. Da werd` ich
morgen mal ordentlich durch den Busch heizen."

„Bleiben Sie lieber auf den Wegen!"

Die Nachrichten setzten ein. Es war wirklich erst
drei Uhr.

„Ja, ja, Junge, hab´ schon gehört. Die langen
Pisten sollen sich zäh ziehen und man ermüdet
leicht. Auch wenn man nicht rast und, wie du
vorschlägst, auf den angelegten Strecken bleibt.
Plötzlich taucht da so ein Schlagloch auf und
schon ist es passiert."

„Psst!", forderte ich. Der Nachrichtensprecher bat
um die Mithilfe der Bevölkerung:

In der Nacht von Freitag auf Samstag haben Wilderer das Gebiet im West MacDonnell verwüstet. Man fand einen umgekippten Pickup, der unkenntlich gemacht wurde. Von dem oder den Fahrern fehlt jede Spur. Für sachdienliche Hinweise wenden sie sich bitte an die örtliche Polizeibehörde von Alice Springs.

„Sag ich doch: Roll-Over!"

„Wie?", stutzte Waldfried.

„Wie Game-over!", erklärte ich und musste jetzt selbst lachen.

„Wie … wie bei dem Vieh da?" Jetzt lachte er. Mein Lachen erstarb.

„ANHALTEN!", schrie ich.

„Hier?"

SOFORT!!! … Da… Da…Danke", beruhigte ich mich ein wenig. „Können Sie warten?"

„Eigentlich nicht. Zeit ist Geld und meine Zeit für Australien ist bemessen." Er zwinkerte mir zu. „Na los, mach schon."

Mit einem Satz stand ich vor dem Känguru.

Es war nicht Riley. Die Sorge darum fiel wie ein Stein von meiner Brust. „Können Sie mit anfassen? Ich hinten, Sie vorn."

„Aber es ist tot, Junge."

Ich konterte: „Sollen wir es etwa liegen lassen? In der Umwelt?"

Waldfried zog die Schultern hoch.

Gemeinsam legten wir das tote Tier hinten neben seinen Rucksack, der eher aussah wie ein Golfbag. Auf dem Rücken tragen konnte er das Ding sicher nicht.

Wir fuhren weiter.

Nach einiger Zeit nahm er die Unterhaltung wieder auf. „So ist das. Die liegen auch überall herum. Auf der ganzen Strecke habe ich sie gesehen."

„Nachts kann es ganz schön kalt im Busch werden. Der Asphalt ist eine willkommene Heizdecke", entschuldigte ich das Verhalten dieser Geschöpfe.

„Kein Wunder, dass es so viel Kängurufleisch hier gibt. Schmeckt gut, was? ... oh, wohl Vegetarier. Verzeihung." Er zog beide Hände vom Lenkrad nach oben und entschuldigte sich mit einer schützenden Abwehrhaltung gegen meine Blicke. „Ach, Junge. Das ist wie bei uns. Die tauchen im Rudel auf und preschen einfach über die Autobahnen. Zack!"

„Kängurus?"

„Nein, das Wild. Rehe, Hirsche, Wildschweine. Denk vielleicht an die Hasen. Das kannst du dir doch vorstellen, oder? Wie lange lebst du schon hier, fern ab von …?"

„So sieben oder acht Jahre. Mit Ende der Kindergartenzeit, glaube ich."

„Vermisst du Europa?"

„Nur Teile … vielleicht manchmal", schob ich hinterher.

„Ja, ja, den Teil Deutschland, seinen Fußball und so." Jetzt grölte sein Lachen wieder ausgelassen durch den Innenraum.

Ich stierte nach vorn. Hinter der nächsten Kuppe tauchte ein Schulbus auf. Er fuhr uns entgegen. Drinnen sprangen Kinder herum und winkten.

„Sag, Joshi, warum bist du nicht in der Schule?"

„Tja. Hab in der Woche mehr gelernt fürs Leben, als die Schule mir hätte geben können. Ich will nur noch nach Hause und ins Bett." Um der weiteren Konversation aus dem Weg zu gehen, lehnte ich mich zurück und zog mir den Hut ins

Gesicht. Schon merkte ich, wie sich meine Augenlider senkten.

„Nicht einschlafen, wer weiß, wer weiß." Ich richtete mich auf und fächerte mir mit dem Hut frische Luft zu.

„Musst entschuldigen. Ich schwitze zwar wie ein Schwein und trotzdem hab ich die Klima nicht voll aufgedreht. Wegen des Schocks beim Aussteigen." Waldfried ahmte einen Schlag vor den Kopf nach und atmete schwer durch den geöffneten Mund. Tropfen standen auf seiner Stirn. Teilweise bündelten sie sich zu Bächen und rannen sein wulstiges Doppelkinn hinunter.

„Bin Schlimmeres gewohnt. Sie scheinen vernünftig zu sein", sagte ich.

„Ja. Die Hitze hier! So freut man sich über jeden kleinen See, den man im Busch entdeckt. Man kann mal eben schnell hineinspringen. Hätte dir auch ganz gutgetan. Eine Erfrischung, sag ich dir. Du bist ein ganz neuer Mensch."

„Oder gar keiner mehr", dachte ich. Nun wurde mir richtig bewusst, wie verschwitzt ich war und wie ungepflegt ich aussehen musste. Unbemerkt roch ich unter meiner Achsel, als ich aus dem Seitenfenster schaute und die ersten Häuser sah.

Wir durchquerten Alice Springs und fuhren noch ein Stück den Highway hinauf.

„Halten Sie da vorn. Ich bin da, wo ich hin will." Waldfried half mir beim Ausladen des Kängurus. „Lass es dir schmecken, mein Junge. Deine Mum freut sich sicher über den Fang, den du da mit nach Hause bringst. Ist nicht mehr weit, oder?" Ich schüttelte den Kopf, schulterte das Känguru, wie ich es bei Onemah gesehen hatte, und bedankte mich. „Passen Sie auf sich auf. Unser Australien hat so seine Tücken."

„Wie alles im Leben. Und doch ist es wunderschön. Ich dreh um, heiz zurück und spring sofort in den Hotelpool. Werd` mir schon einen Fisch angeln." Er lachte, rieb sich die Hände und streckte anschließend mit abgespreiztem Daumen seinen Zeigefinger auf mich, als würde er schießen wollen. „Geh duschen, Junge, du stinkst", zwinkerte er mir zu. Ich nickte nur. „Rucksack-Tourist!", dachte ich, blickte Waldfried nach, wie er in der Weite verschwand, um zurück in die Stadt zu fahren. Die letzten Meter durch den kleinen Wald zu unserem Hof ging ich allein.

Jahre später

„Joshi, wie lange ist Nungen eigentlich im Busch gewesen?"

„Fast zwei Jahre … ja … und auch heile zurückgekehrt", bewunderte ich meinen Freund. Er war genau wie ich als richtiger Mann gefeiert worden und hatte doch entscheidend mehr geleistet. Aus dem angrenzenden Aborigine-Stamm hatte er ein Mädchen heiraten müssen.

„Er lebt nicht mehr ganz so europäisch wie früher", bemerkte ich.

Ich habe Dujah heiraten dürfen. Onemah hatte uns direkt nach meiner Rückkehr aus dem West MacDonnell Gebiet seinen Segen gegeben.

„In der Traumzeit ist es möglich, Dinge sich ändern zu lassen. Es ist hier nicht alles alt und verstaubt vom roten Sand", erklärte er seinen Entschluss. Für einen eingewanderten Australier hatte ich ihm genug geleistet. Unsere Hochzeit verschoben wir auf das Ende meiner Schulzeit.

„Weißt du eigentlich, dass sie wieder Wilderer gefasst haben? Einer von ihnen ist der, der auch damals den Nationalpark verwüstet hatte. ... Wie hieß er noch gleich?"

„Ach Dujah, das ist lange her."

Seit drei Jahren leben wir nun auf dieser Farm und kümmern uns um verletzte Kängurus. Wir pflegen und hüten sie, bis wir sie beruhigt in die Freiheit entlassen können. Ellas tierärztliche Fähigkeiten helfen uns dabei.

Auch wenn wir in Australien viele von diesen Geschöpfen haben und das Fleisch auf seine Art gut schmeckt, finde ich nicht, dass jedes Tier auf dem Teller landen sollte.

Unsere Riley haben wir nicht mehr gesehen, obwohl wir sie oft unter dem Fell vorbei springender oder tot am Straßenrand liegender Kängurus vermutet hatten. Sie war nie dabei.

„Nungen rief gestern an, nachdem er vom Richten der Zäune kam. Er sagte, dass bei Onemah auf der Farm ein Känguru über den Weidezaun gesprungen ist und wieder das ganze saftige Gras der Schafe weggefressen hat. Josh, meinst du, es war unsere Riley?"

„So weit weg … von MacDonnell, meine ich."

„Ja, und irgendwie doch wieder so nah!"

Unsere Blicke wanderten aus dem Fenster in die Weite der Landschaft.

Dann streiften sie das Zimmer. Die Wände waren rot und ockergelb abgesetzt, der Boden schwarz und der Himmel war weiß, alle Farben vereint. Wir blickten jeden Abend, bevor wir schlafen gingen, hinaus und spürten, wie wir mit der Umgebung im Reinen waren.

Nun sahen wir auf das leere Holzbett neben unserem. Den Schriftzug hatte ich vor Jahren sorgfältig in das Holz gebrannt.

Dujah legte das Fotoalbum zurück in den Nachttisch, auf dem uns ein holzgerahmtes Kängurubild mit großen Kulleraugen ansah. Dann griff sie zu dem Didgeridoo, das neben dem Holzbett stand, und holte sanft die Klänge Australiens in unser Zimmer.

„Sie macht das schön, nicht wahr Riley? - Ja, Riley. - So bist du zu deinem Namen gekommen. Irgendwann wirst auch du flügge. Vielleicht verschlägt es dich ja nach Europa und du erkundest eine fremde Welt. Vielleicht bleibst du aber auch hier. Wir könnten dir alles bieten, wenn du willst."

„Ach Joshi, es ist doch schön hier", unterbrach Dujah ihre Melodie, „vom Alter her wäre sie jetzt bei deiner Mum in den Kindergarten gekommen. Braucht sie das?"

„Jeder, wie er meint. Wer weiß, wofür was gut ist. Wenn es nach mir geht: lieber nicht! Aber wir könnten meiner Mum mal ein Foto von ihrer Enkeltochter schicken." Ich zwinkerte ihr zu.

„Soll ich euch meine Entscheidung erklären, warum ich hiergeblieben bin?"

„Heute nicht mehr. Ihr fallen die Augen zu. Erzähle Riley die Geschichte in zehn oder elf Jahren noch einmal, wenn sie alt genug ist, um draußen beim Scheren die große Liebe zu finden." Sie errötete wie früher. Dann fragte sie: „Was hältst du von Nungens Ältestem?"

Eine Antwort erwartete Dujah nicht. Stattdessen verzauberte sie unser kleines Zimmer wieder in den australischen Busch mit all seinen Möglichkeiten. Verträumt schüttelte ich den Kopf und lauschte.

„Riley, schlaf´ jetzt! Granny Ella kommt morgen mit Opa Lenk. Sie nehmen dich mit zu Onemahs Schafen. Das wird ein aufregender Tag. Du wirst sehen. Wer weiß, wen wir alles treffen."

Ich legte unsere Tochter auf das Fell in dem Holzbett, das ich selbst gebaut hatte, und deckte sie zu. Meine Frau nahm ich in den Arm und küsste ihre Stirn. Ihre dunklen Augen mit den langen Wimpern erinnern mich an sie.

Unsere Riley

Zum Nachdenken

Ich war noch nie in Australien.
Diese Geschichte ist frei erfunden und entspricht
einzig und allein meiner Vorstellung.

Die Idee dazu entstand bei einem
Geburtstagsfrühstück.
Meine Freundin hatte den Kamin eingeheizt, um
die winterliche Kälte Deutschlands zu vertreiben.
Langsam wurde es muckelig warm in der guten
Stube, als eine andere Freundin sagte:
„So, Mädels. Wir drei Hübschen melden uns bei
der Volkshochschule zu einem
Didgeridoo-Workshop an. Wir bauen so ein Ding
und lernen, es zu blasen."
„Okay?! Dann schreibe ich eine passende
Geschichte dazu, die wir bei den Lesungen mit
australischen Klängen begleiten können."

Die Geschichte habt Ihr nun gelesen.
Die Didgeridoos sind gebaut und hören sich für
uns auch fast australisch an. (Ab und zu begegnet
uns mal ein Elefant, aber das macht uns keine
Angst.)

Wie gesagt:

In Wirklichkeit waren wir noch nie in Australien, obwohl es immer mein Jugendtraum gewesen war.

Vielleicht gibt es realistische Bezüge, vielleicht aber auch nicht; man möge es mir verzeihen. Vielleicht reise ich mal dort hin, um das zu überprüfen, vielleicht aber auch nicht.

Eventuell reicht es schon, diese Geschichte zu lesen, die australischen Klänge eines Didgeridoos zu hören und von einem fernen Land zu träumen oder einfach nur darüber nachzudenken.

Danke, dass ihr mich begleitet habt.

Dank

Dank sei allen Beteiligten,

Mirija und Heike für den bewegenden Denkanstoß und das tolle Wochenende mit australischem Hauch,
meiner Familie, die mich ermutigt hat, diese Geschichte zu veröffentlichen.

Natürlich bedanke ich mich bei Manuela Schenk, Gernot und Patrick. Ohne Euch hätten diesem Buch die ausdrucksstarken Bilder gefehlt.

Und zweifellos gilt mein besonderer Dank allen Leserinnen und Lesern, die sich mit mir und unserer Riley auf die Reise in ein fremdes Land begeben haben und vielleicht noch das ein´ oder andere Mal über die Geschichte nachdenken werden.

Was ist schon Zeit …

… nimm sie dir und schreibe mir ein paar Zeilen, als Rezension bei deinem Online-Buchhändler oder direkt an: *anja@rosok.de*

DANKE
Anja Rosok

Weitere Werke der Autorin

* Romane *

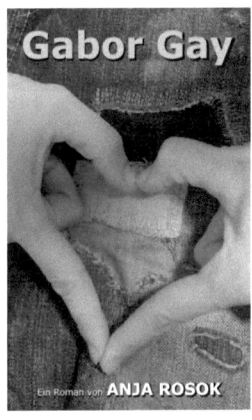

„Hier´rüber! Flanke! Gib ab!"

Der Morgen beginnt fair –
bis diese blöde Bemerkung fällt
… und dann die Sache unter dem Torbogen.

Mit wem kann er darüber reden?
Warum weiß seine Schwester davon?
Was weiß sie genau?

Je mehr Gabor darüber nachgrübelt,
desto mehr verstrickt sich sein Umfeld.

Was ist,
wenn man anders ist,
als andere meinen?

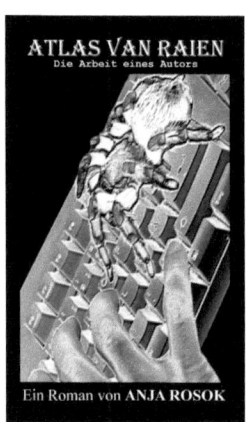

„Das Leben könnte so einfach sein

... gäbe es nicht die Zwänge."

Atlas van Raien:
Geht er einem Beruf nach, einer Berufung oder
den Weg des Wahnsinns?

Erst sträubt sich der Autor, die Wette zum
bestdotierten Buchvertrag anzunehmen. Dann kann er
nicht anders. Obwohl ihn seine Ehefrau zu einer
Schreibpause zwingt, muss er es allen beweisen. Dank
· Piet Hanssen, dem Analphabeten, den er während
eines Krankenhausaufenthaltes zu bekehren versucht,
will er den Bestseller landen.

Wird Atlas van Raien die Wette gewinnen?
Welche Pläne schmiedet seine Frau Emma?

* Bilinguale Bilderbücher *
bilingual rhyme picture stories

... vom Größerwerden und Mutigsein.

... über das Anziehen verschiedener Kleidungsstücke.